Ruth Pillat

Mein Krebs – mein Lehrmeister

Ruth Pillat

Mein Krebs –
mein Lehrmeister

Ein Erlebnis- und Erfahrungsbericht

Ruth Pillat:
Mein Krebs – mein Lehrmeister
Ein Erlebnis- und Erfahrungsbericht

Bibliographische Information Der Deutschen Bibliothek
Die Deutsche Bibliothek verzeichnet diese Publikation in der
Deutschen Nationalbibliographie; detaillierte bibliographische
Daten sind im Internet unter http://dnb.ddb.de abrufbar.

Copyright © 2005 Ruth Pillat
Herstellung und Verlag: Books on Demand GmbH, Norderstedt
Aquarelle (Umschlag): Ruth Pillat
ISBN 3-8334-3744-8
www.bod.de

Vorwort

Liebe Leserinnen und Leser,

ich lade Sie ein, mit mir im Rückblick die bisherigen Stationen im Verlauf meiner Krebserkrankung zu besuchen. Es ist ein aufregender, glücklicher und schwerer Weg, der mich zu neuen Ufern führt, ja mein ganzes Leben neu gestalten half und hilft. Vergleichen Sie beim Lesen bitte nie meine Erkrankung mit der Ihren, meinen Weg nie mit dem Ihren. Wir sind individuelle Menschen. Jeder Einzelne von uns möge seinen eigenen Weg suchen und finden, möge ihn akzeptieren, bejahen lernen. Die Krebsdiagnose trifft individuelle Menschen und nicht chemische Apparate.

Aus diesem Wissen mögen Sie Ihren Arzt suchen und finden. Wenn er bei Ihrer ersten Begegnung mit Ihnen in Ihnen den Menschen sieht und behandelt und nicht nur die Befunde ins Zentrum des dramatischen Geschehens stellt, dann können Sie ihn als Wegbegleiter annehmen. Als Wegbegleiter wird er mit Ihnen den neuen Lebensabschnitt Ihres Lebens gehen, als Helfer im Prozess des Heilwerdens, vielleicht in allen Bereichen, im Bereich des Körpers, der Seele und des Geistes.

F., im Februar 2005
Dr. Ruth Pillat

Inhalt

Die Glasglocke

Wenn ein Mensch Krankheitssymptome hat, geht er zum Arzt und lässt sich untersuchen. Er bekommt eine Diagnose, einen Therapieplan und ein Rezept. Nach 5 bis 10 Minuten verlässt er den Ort der Handlung und Behandlung wieder und ist danach noch derselbe wie vorher. Nicht so bei Krebs. Diese Diagnose teilt uns im westlichen Kulturkreis lebende Menschen in zwei Gruppen: die Glücklichen, die noch einmal davongekommen sind, und die, die eindeutig zum Tod verurteilt sind. Und darum führt die Diagnose „Krebs" zu einem Schock, zu einem Schock der Seele. Auch bei mir.

Dienstag, der 25.03.1986, die Woche vor Ostern. Schon lange fühle ich mich schlecht, quäle mich schon mit dem dritten Infekt in diesem Jahr. Warum nur habe ich mich im letzten Sommerurlaub nicht erholt? Wir hatten ihn extra auf volle sechs Wochen ausgedehnt, aber ich fühle mich seither genauso zerschlagen wie zuvor. Was ist los? Gut – seit über fünf Jahren habe ich Dauerstress. Als Ärztin fungiere ich als die rechte Hand meines Mannes in seiner Kinderarzt-Praxis. Wenn ich dort nicht bin, bereite ich unsere Proben und Auftritte vor – schon lange sind historische Instrumente und die dazugehörige Renaissance- und Barockmusik neben der Medizin unser Lebensinhalt. Mehrere Todesfälle hatten mich seelisch stark belastet: 1981 starb meine Schwiegermutter, Ende 1983 kurz hintereinander eine enge Freundin und meine Mutter. Seither waren wir dabei, mein Elternhaus von oben bis unten zu renovieren – wir wollten dort wohnen. Für mich selbst blieb da keine freie Minute. Mein Schlafmangel war chronisch.

Und jetzt habe ich auch noch Herzbeschwerden – werde ich alt? Ich bin doch erst 56! Nachmittags um 16.00 Uhr beschließe ich: Ich will zum Arzt. Sofort. Mein Hausarzt ist – so kurz vor Ostern – im Urlaub. Also: einen anderen aus dem Telefonbuch heraussuchen, Auto holen, in die Stadt fahren, parken, hoffen, dass ich schnell wieder heimkann. Die Untersuchungen ergeben keinen sinnvollen Befund. Ich soll noch zum Herzspezialisten. Wieder ins Auto, Innenstadt, Parkhaus, Aufzug, zum Glück ist noch jemand da. Es war meine letzte aktive Autofahrt. Aber das weiß ich erst später. Ich sitze in der Anmeldung, erschöpft und hustend. Der Arzt kommt vorbei und hört das. „Bei dieser Patientin zuerst eine Lungenaufnahme", weist er im Vorbeigehen die Helferin an. Dann lande ich wieder mal auf einer Untersuchungsliege. Der Arzt kommt herein, schweigend, mit großen Augen, in der Hand mein Röntgenbild.

Er hält es mir vor die Nase: „Sehen Sie sich das an, Madame." Die Welt um mich versinkt, ich konzentriere mich auf drei Schatten, die mich aus dem Bild anspringen. Als wär's in meinem medizinischen Staatsexamen, höre ich mich sagen: „Ist das Lungentuberkulose? Nein!" Der Arzt schüttelt den Kopf. „Ist das ein Lungentumor? Nein!" Wieder Kopfschütteln. „Dann sind es Metastasen." Er nickt. Im selben Moment stülpt sich eine Glasglocke über mich. Eine milchige Glasglocke mit einigen halb durchsichtigen fleckenartigen Streifen. Schlagartig bin ich äußerlich wie gelähmt, im Inneren aber hochaktiv elektrisiert. Ich fühle mich bewegungsunfähig, handlungsunfähig, dabei aber hochgradig kompakt, wie zu einer punktförmigen Masse zusammengeschrumpft. Krebs! Lungenmetastasen!! Von wo gehen sie aus? Von welchem Krebs? Wo sitzt der so genannte „Primärtumor"?

In diesem Moment bricht ein Satz aus mir heraus: „Ich gehe aber in keine normale Klinik!" Der Satz dringt zu mir durch, ich nehme ihn auf, ich höre ihn wie von einem Fremden gesagt. Es ist „mein" Satz. Ich schleudere ihn jedem, ob er ihn hören will oder nicht, ins Gesicht. Er bildet meinen ersten Rettungsanker. Er ist der Ausgangspunkt für alle noch folgenden Antworten auf die Frage: Was ist jetzt zu tun?

Zuerst rufe ich G., meinen Mann, an, er soll mich holen, ich kann jetzt nicht Auto fahren. Sprachlos steht auch er vor den Röntgenaufnahmen. Wortlos fahren wir nach Hause. Erst als wir wieder daheim sind, kommen die Tränen. Und die bohrenden Gedanken. Wo sitzt der Tumor, von dem alles ausgeht?

Wir sind beide Ärzte. Und grübeln: Warum habe ich nie etwas bemerkt? Ich habe keine Idee. Er auch nicht. Am nächsten Morgen, nach der üblichen Frühgymnastik, taste ich meinen Körper ab, Zentimeter für Zentimeter. Zuerst die Brust: Nichts. Den unteren Bauch: Nichts. Den Oberbauch. Und da, links oben, da ist etwas. Faustgroß. Das muss die Niere sein. Nierenkrebs. Metastasiert. Ich weiß sofort: Das sieht nicht gut aus.

Wir funktionieren mechanisch, aber sehr überlegt. Meine Eigendiagnose muss ich absichern lassen. Also: Ultraschall-Untersuchung, wieder in die Stadt. Diesmal mit dem Bus. Zum Autofahren bin ich nicht fähig. Schemenhaft eilen Menschen an mir vorbei. Ich nehme sie nur schattenhaft wahr. In mir gibt es nur zwei Worte: Krebs, Metastasen. Ich sehe nicht, ob der Arzt jung oder alt ist, freundlich oder abweisend. Ich höre nur: Es ist ein Nierentumor. Mit Lungenmetastasen. Mehr kann ich nicht denken. Mein Leben besteht aus diesen beiden Worten. Kann man als Gesunder je so konzentriert denken? Meine Glasglocke schottet mich von allem anderen ab.

Ein Lungenspezialist soll die Metastasen genauer orten. Wieder liege ich auf dem Röntgentisch. Die Schichtaufnahmen dauern lange, mehr als eine Dreiviertelstunde. Um mich herum wuseln Menschen, geben Anweisungen, Apparate ticken. Urplötzlich sagt eine Stimme in mir: „Ich gebe nicht auf!" Es ist 10.23 Uhr. Das kommt so eindringlich, so elementar, wie es wohl nur in existentiellen Krisen geschieht. Später werde ich mich noch oft daran erinnern, vor allem, wenn es ganz dick kommt. Dann hilft mir die Erinnerung an diesen Moment, mich selbst nicht aufzugeben.

Schon morgens hatten wir überlegt: Welche Klinik kommt für die Behandlung in Frage? In ein ganz normales Krankenhaus will ich nicht. In der Nähe gibt's nur eine Alternative: die Filderklinik bei Stuttgart. Mein Mann will anrufen, ob ich kommen kann.

Als ich aus der Stadt zurückkomme, sagt er: „Ich habe eine gute und eine schlechte Nachricht. Welche willst Du zuerst?" Zuerst die schlechte bitte, danach kann es nur besser werden. „In der Leber sind sieben weitere Metastasen." Der nächste Hammer. Betäubend. Lunge und Leber metastasiert. Nach der Statistik lebe ich damit noch ein paar Monate. Höchstens. Die Glasglocke wird noch dichter. „Und die gute Nachricht?" – „Wir haben morgen, Gründonnerstag, bei dem Chef der medizinischen Abteilung in der Filderklinik einen Termin." Ein Hoffnungsschimmer. Ein Streifen Licht fällt durch die Glasglocke auf mich. Er hilft mir, die nächsten Stunden zu überstehen.

Mein Arzt

Seltsam. Am gleichen Tag, an dem wir von dem Termin für die Filderklinik erfahren, haben wir eine Musikprobe, nur ca. 15 km von der Klinik entfernt. Am Gründonnerstag und Karfreitag sollen wir dort in einer Kirche Konzerte geben. Mit den Veranstaltern hatten wir schon zweimal in der Filderklinik konzertiert, damals als Dank einer Mitwirkenden, die in der Klinik ihr Kind zur Welt gebracht hatte. Uns alle hatte es damals zutiefst beeindruckt, dass Patienten nicht nur im Rollstuhl, sondern auch mit ihren Betten in den Konzertsaal gefahren wurden, egal ob mit Infusion, Gips oder was auch immer. Es war ein wichtiges Erlebnis gewesen.

Und in diesem Krankenhaus haben wir nun am Gründonnerstag vormittags einen Termin. Dr. Sch. empfängt uns herzlich. Da ist nichts von der üblichen Chefarzt-Atmosphäre. Nichts erscheint übertrieben wichtigtuerisch – weder der Raum noch der Sessel, der Schreibtisch oder der Mann selbst. Hier ist alles ganz normal, eher wohnlich, mit viel Holz, Blumen und einer beeindruckenden Sammlung von Mineralien. Das tut mir gut. Ich kann offen fragen: Habe ich noch eine Chance? Was kann man tun?

Die Antwort von Dr. Sch. ist präzise: Wenn der Körper eine Chance haben soll, mit dem Krebs fertig zu werden, muss die Tumormasse verringert werden. Das bedeutet: Operation. Als Ärzte wissen wir alle drei – Dr. Sch., mein Mann und ich: Das ist gegen die Regel. Wenn man einen Nierentumor in einem solchen Stadium herausoperiert, kann es sein, dass die Metastasen in ihrem Wachstum regelrecht explodieren. Aber es ist meine einzige Chance. Wir sind uns einig: Wir wollen es wagen. Wenn es geht, dann nur so. Eine Zitterpartie bleibt noch: Die Operation ist nur machbar, wenn der Tumor noch nicht die gesamte Umgebung durchwuchert hat. Das soll eine Computertomographie gleich nach Ostern zeigen.

Dafür gehe ich aber nur zu einem von Dr. Sch. empfohlenen Arzt; auch die Operation – wenn sie überhaupt noch möglich ist – möchte ich nur bei einem von ihm empfohlenen Chirurgen machen lassen. Obwohl ich mit anthroposophischer Medizin noch keine Erfahrung habe, habe ich in Dr. Sch. den Arzt meines Vertrauens gefunden – und damit lichtet sich die Glasglocke ein wenig. Das Gespräch mit ihm war wie eine Kraftspritze – rundum aufbauend. Er strahlt Sicherheit und Ruhe aus. Und genau das brauche ich in meiner Angst und Hektik.

Das Programm, das er mir für die Folgezeit mit auf den Weg gibt, bleibt mir unauslöschlich in Erinnerung:

1. Vegetarisch essen. Das tun wir schon seit fünf Jahren – vielleicht daher mein trotz der Krankheit immer noch erstaunlich guter Allgemeinzustand? Nur: Wie kann ich diesen guten Zustand erhalten? Die Antwort bringt Punkt 2:

2. Rhythmus in mein Leben bringen, d. h. eine gut geordnete Tages- und Wochenstruktur haben. Rhythmus, so sagt Dr. Sch., ist ein Lebenselixier. Ein äußerer Rhythmus stärkt die inneren rhythmischen Prozesse im Organismus. Und fast alle Lebensprozesse verlaufen rhythmisch: das Atmen, die Verdauung, der Herzschlag, der Stoffwechsel.

3. Jede Form von Stress, Anspannung und Aufregung vermeiden. Das heißt auch: Nicht mehr aktiv Auto fahren. Das trifft mich zwar empfindlich, aber jeder weiß ja, dass es Stress bedeutet, sich ins Verkehrsgewühl zu stürzen. Und was soll's, ich will jede Möglichkeit nutzen, um meinem Körper nicht noch mehr Belastung zuzumuten.

4. Nur noch machen, was mir gut tut. „Sie kümmern sich um Ihr Befinden, ich kümmere mich um Ihre Befunde", sagt Dr. Sch. Ich soll nur noch machen, wobei ich mich wohl fühle. Das wird ab sofort zum Maßstab meines Alltags.

Nun gilt es aber erst einmal, am Abend und am Karfreitag die Konzerte zu absolvieren – Trübsal blasen hilft ja nicht. Und ich fühle mich durchaus imstande zu musizieren. Allerdings bin ich dabei nicht so ganz bei mir – wohl aber nehme ich kristallklar wahr, was um mich herum geschieht. Zum Beispiel ist da unter den Zuhörern eine auffällig blasse Frau, um die sich alle rührend bemühen. Wie ich erfahre, hat sie einen Infekt. Ich aber habe Krebs, und um mich kümmert sich keiner ... Ich komme mir vor wie auf einem fremden Stern. „Du siehst einfach zu gut aus", sagt mein Mann, als ich mich bei ihm darüber ausweine.

Nach den Konzerten fahren wir nach Hause. Jetzt muss ich bis Osterdienstag die Fassung bewahren und nicht durchdrehen. Ich hangele mich von Stunde zu Stunde. Tränen wechseln mit Hoffnung und intensiven Gesprächen mit G. Endlich ist Ostern überstanden, endlich ist es Dienstag. Aber wieder muss ich mich in Geduld üben: Das Gerät hat einen Defekt. Am Mittwoch soll ich kommen. Also noch einen Tag warten. Ich mache meine Arbeit, so gut ich kann.

Das CT am Mittwochmorgen verläuft unspektakulär, auf die Befunde müssen wir eine Stunde warten. Da wir beide vorher nicht gefrühstückt haben, leisten wir uns den Luxus eines Frühstücks im Café. Es wird das köstlichste Frühstück, das ich je gegessen habe! Noch lebe ich und kann genießen! Immer wieder steigt in mir der Satz hoch: Ich gebe nicht auf!

Das Ergebnis des CTs bestärkt das noch: Ich kann operiert werden. Der Tumor ist noch nicht in die Umgebung eingewachsen. Hoffnung, Hoffnung, Hoffnung! Nicht nur: Krebs, Metastasen!

Um 17 Uhr haben wir erneut ein Gespräch mit Dr. Sch. Er verordnet mir ein Mistelpräparat, das ich mir selbst unter die Haut spritzen kann. Dann warten wir zu Hause auf den Anruf, dass ein Bett frei ist und ich stationär aufgenommen werden kann. Jeder dieser Tage gräbt sich intensiv in meine Erinnerung ein. Meine Seele flattert, meine „Haut" ist dünn wie Japanpapier. Jedes Geräusch schreckt mich. Die Nerven liegen bloß.

Die anthroposophische Medizin

Es ist üblich, die anthroposophische Medizin als „alternative Medizin" einzuordnen. Das wird aber dem Inhalt dieser Behandlungsmethode nicht gerecht. Sie versteht sich als „erweiterte Schulmedizin". Die Erweiterung besteht darin, bei der Diagnose und Therapie alle drei das menschliche Wesen ausmachenden Anteile einzubeziehen: Körper, Seele, Geist. Damit ist im Prinzip ein völlig anderes Menschenbild vorgegeben als in der Schulmedizin, die sich an einer mechanistischen Körperlichkeit orientiert und sich damit häufig einem totalen Machbarkeitswahn unterwirft.

Anders die anthroposophische Medizin. Da geht es darum, die Eigenaktivität des Menschen zu stärken. Die Individualität des kranken Menschen ist in der Therapieplanung ein wesentlicher Aspekt. Dabei wird durchaus auch – wo nötig – das Spektrum schulmedizinischer Methoden eingesetzt, von Chemotherapie bis Intensivmedizin, von Operationen bis zu allopathischen Medikamenten. Aber dabei bleibt es nicht allein. Hinzu kommen künstlerische Therapien wie Mal- und Musiktherapie, Plastizieren und Heileurythmie sowie Biographiearbeit, psychotherapeutische Verfahren, äußere Anwendungen wie Wickel, Einreibungen, rhythmische Massage und die speziellen anthroposophischen Arzneimittel. Über alles wird der Patient eingehend informiert und kann „Ja" oder „Nein" dazu sagen.

Hinter allem steht keine Ideologie, sondern eine spezielle geisteswissenschaftliche Betrachtungsweise des Menschen, die aber nie einem Patienten aufgenötigt wird. Wer will, kann sich damit auseinandersetzen. Wer nicht will, kann sich der Führung des Arztes überlassen – ist aber immer in seiner Eigenaktivität gefordert.

In der Filderklinik wird anthroposophische Medizin gelebt. Gleichzeitig ist diese Klinik aber ein öffentliches Schwerpunktkrankenhaus und sogar Notfallklinik für den nahegelegenen Stuttgarter Flughafen.

Immer wieder erlebe ich, dass die meisten „normalen" Ärzte keine Ahnung haben, was sie sich unter „anthroposophischer Medizin" vorstellen sollen. Die meisten sperren sich auch, sich überhaupt damit auseinanderzusetzen, was diese medizinische Richtung ist, will und kann.

Viel später einmal fragt mich ein Röntgenarzt, der sich wundert, dass ich immer noch am Leben bin, nach meiner Vorgeschichte. Ich erzähle ihm, was sich inzwischen zugetragen hatte. Dreimal fragt er, ob er sich in der Jahreszahl der Erstdiagnose – 1986 – nicht verhört habe. Er kann es offensichtlich nicht fassen, dass ich noch lebe. Dann fragt er: „Und wie haben Sie das gemacht?" Ich antwortete: „Ich bin seit dem ersten Tag in anthroposophischer Behandlung." Da zuckt er nur mit den Schultern und sagt: „Wenn's hilft." Von diesem Moment an bin ich Luft für ihn. Jedes weitere Gespräch ist unmöglich, er schweigt bis auf wenige organisatorische Hinweise.

Ich schreibe ihm daraufhin als „ärztliche Fortbildung" in einem Brief, was es mit der anthroposophischen Medizin auf sich hat. Geantwortet hat er mir nicht. Seine Reaktion ist typisch und kann mich nicht erschüttern. Wir Patienten dürfen uns von der ablehnenden Haltung eines Arztes nicht irritieren lassen. Wenn wir eine Entscheidung für eine bestimmte Therapie getroffen haben, gilt es, dabei zu bleiben. Wenn Zweifel aufkommen, dann sollten wir sie mit dem gewählten Arzt, der uns ja nun schon eine Weile kennt, besprechen. Und wenn dieser sich dann abfällig oder geringschätzig äußert, ist zu überlegen, ob er noch mein Arzt sein kann. Vielleicht ist er bereit, auf Patientenvorschläge einzugehen, sie in die begonnene Therapie zu integrieren. Wir müssen Mut zu uns, zu unseren Entscheidungen gewinnen. Es ist nicht gut, von einer Therapie zur anderen zu hüpfen. Mitdenken, sich informieren, auf die eigene innere Stimme, die Körpersignale und die Intuition achten – das ist nötig und heute (noch) ohne weiteres möglich.

Der Regenbogen

Der Anruf von der Klinik kommt, ein Bett ist für mich frei. Etwa zwei Wochen sind seit der Entdeckung des Krebses vergangen. Am 9. April 1986 soll ich operiert werden. Klar, dass ich Angst habe. Aber ich empfinde das Messer nicht als Bedrohung für meinen Körper, sondern als Hilfe. Und zwar nicht im Kampf gegen etwas Böses, sondern als Hilfe für den Organismus, sich der verloren gegangenen Harmonie wieder annähern zu können.

Es spielt sich allerdings immer noch alles unter meiner Glasglocke ab. Sie hat zwar seit dem ersten Gespräch mit Dr. Sch. einige durchsichtige Streifen bekommen, aber ich erlebe wie hinter einem Schleier, dass ich fast mechanisch für die Klinik packe, mit G. dorthin fahre, aufgenommen werde. Das Erste, was ich wieder bewusst wahrnehme, ist mein Bett. Es bietet sich mir an als schützende Hülle, es vermittelt körperliche Wärme.

Als ich das erste Mal darin liege, fange ich an zu begreifen: Nun beginnt etwas vollkommen anderes, etwas Neues, etwas Unbekanntes. Aber in einer Umgebung, die mich nicht als Nummer oder als „die Niere" einsortiert, sondern die mich als Menschen wahrnimmt. Das gibt mir Ruhe und macht mich fast neugierig auf das, was vor mir liegt. Wir haben alles auf eine Karte gesetzt. Wenn es geht, dann nur so und nur hier. Ich habe alles getan, was in meiner Macht stand. Jetzt kann ich mich nur anvertrauen – den Ärzten, dem Schicksal. Ich lege mein Fachwissen beiseite, ich denke nicht mehr darüber nach, was die Statistik sagt, ob es Komplikationen geben kann. Ich bin nur noch Frau und Patientin. Und vertraue darauf, dass alles kommt, wie es soll.

Die Operation verläuft problemlos, ich muss nicht auf die Intensivstation. Ärzte und Schwestern sind rührend um mich besorgt. Es zählt nur noch, dass ich hier heil herauskomme – und in dieser Reduktion finde ich mich neu. Ich bin nur noch ich, ohne jede Verpflichtung, und dieses Ich hatte ich in den letzten Jahren fast vergessen. Auch Kleinigkeiten, die ich sonst kaum beachtet hatte, gewinnen nun an Bedeutung. So kommt einmal eine Schwester gegen Abend in mein Zimmer und ruft: „Schnell, Frau Pillat, kommen Sie zum Fenster!" Da wölbt sich ein prachtvoller Regenbogen! Ich erkenne schlagartig: Das gibt es ja alles noch, und das geht mich auch noch etwas an! Ich darf dieses Naturwunder sehen und mich daran erfreuen! Und plötzlich zerspringt meine Glasglocke in tausend Splitter aller Farben, die sich als Glanzpunkte auf den Weg legen, der sich nun vor mir öffnet. Ich atme auf, ich wache auf, ich lasse Tränen der Trauer, der Freude, der Erleichterung fließen.

„Mein" Chirurg kommt täglich abends zu mir. Einmal stellt er sich wortlos an das Fußende meines Bettes, stützt sich gemütlich auf und sagt nach einer Weile: „Wie geht es eigentlich Ihrem Mann?" Was für eine Frage! Es fällt mir wie Schuppen von den Augen. G. ist zwar körperlich gesund, aber er muss nach wie vor schuften, muss jetzt auch noch einen Teil meiner Arbeit machen und ist zusätzlich mit der Tatsache konfrontiert, dass ich schwer krank bin und womöglich in Kürze sterben muss. Hatte doch der Arzt, der die Diagnose gestellt hatte, ihm gesagt: „Wenn Ihre Frau noch drei Monate lebt, ist es lang." In diesem Moment wird mir klar, wie sehr ihn das alles belasten muss. Und ich kreise ständig nur um mich!

Dr. Sch. besucht mich regelmäßig, geduldig beantwortet er alle meine Fragen. Ich will mehr wissen über die geisteswissenschaftlichen Hintergründe der anthroposophischen Medizin. Das festigt mein Vertrauen zu ihm, zur Therapie und auch zu meinen Entscheidungen.

Ich bekomme eine Unmenge Post, zum Teil sehr einfühlsame und hilfreiche Briefe. Besonders beeindruckt bin ich von den Briefen eines 18-jährigen jungen Mannes. Er vergleicht meinen Krankheitsweg mit dem Besteigen eines Berges von ganz unten. Wie der Berg so unendlich hoch erscheint. Wie dann ein Absatz kommt, an dem ich im Zurückschauen erkennen kann, dass ich schon einiges an Wegstrecke geschafft habe. Und wie es trügerisch sein kann, wenn eine Bergnase ganz nah erscheint, sich aber bei der nächsten Etappe als viel weiter weg erweist. Und wie dann ein weiterer Rückblick die Häuser im Tal als Miniaturgebäude erscheinen lässt. Wieder ein Stück geschafft! Und wie bei allem mühsamen Wandern nebenbei noch wertvolle Dinge zu erleben, zu entdecken sind: Blumen, wie sie im Flachland nicht vorkommen, Gämsen, unbekanntes Buschwerk und vieles mehr. Dieser Vergleich lässt mich im Geist Wanderungen von früher wieder erleben und tut mir in seiner Symbolik gut.

Nach drei Wochen kommen die Abschlussuntersuchungen. Jede Operation strengt an, schwächt die Abwehr. Und was wir befürchtet hatten, ist eingetreten: die drei Lungenmetastasen haben sich drastisch auf 20 erhöht. Ich bin deprimiert; eine Chemotherapie oder Bestrahlungen – darin sind wir uns einig – mache ich nicht, beides würde mich noch mehr Kraft kosten, bei fraglichem Nutzen. Ich will nur noch heim, um meine Situation im gewohnten Umfeld überdenken zu können, um zu sehen, was jetzt an „Leben" überhaupt noch möglich ist.

Der neue Alltag

Vor der Entdeckung meines Krebses ging es mir schlecht. Ich wünschte mir manchmal, für eine Weile krank zu sein, weg von allen Pflichten und Zwängen, aus denen ich mich nicht selbst befreien zu können glaubte. Der Wunsch hat sich erfüllt. Aber so hatte ich es natürlich nicht gemeint. Ich bin vollkommen schachmatt gesetzt. Ich bin zu kaum etwas fähig, schaffe es gerade, G. beim Kochen ein wenig zur Hand zu gehen. An mehr ist nicht zu denken, ich bin einfach zu schwach. Den Rest des Tages bin ich mit mir beschäftigt: Spritzen, Infusionen, Wickel. Ich liege viel, mache ab und zu einen kleinen Spaziergang und regelmäßig leichte gymnastische Übungen im Bett – ich will meine Beweglichkeit nicht verlieren, es könnte ja sein, dass es mir irgendwann mal wieder besser geht ... Ich habe überhaupt keine Lust zu arbeiten, aber ich habe große Lust, am Leben zu bleiben! Ich bin neugierig, was noch vor mir liegt!

Ein Arzt hatte mir Buch und Kassette mit Visualisierungsübungen von Carl Simonton empfohlen. Zweimal täglich höre ich mir die Kassette an, sie erweist sich als außerordentlich hilfreich. Ich versetze mich in meinen Körper und stelle mir vor, wie er die Krebszellen bekämpft. Das ist richtig spannend! Und ich erfahre meinen Körper dabei ganz neu. Nach einiger Zeit brauche ich die Anleitung über die Kassette nicht mehr. Ich lerne zu beobachten, was in mir geschieht, und ich lerne, es zu akzeptieren.

Zwei Gespräche mit einem psychoonkologisch tätigen Arzt in der Nähe stellen mich vor Fragen, die ich bisher wohlweislich ausgeklammert hatte: Wie war oder ist meine Beziehung zu meinen Eltern, Großeltern, Kindern, Geschwistern, Nachbarn und – zu meinem Mann? Mir werden Problempunkte bewusst, die ich lange Zeit komplett verdrängt habe: die turbulente Ablösung der Kinder aus dem Elternhaus, der Nierenkrebs und Tod meiner Mutter, der Tod anderer wichtiger Menschen meines Lebens.

Jetzt kann ich endlich damit beginnen, das alles zu verarbeiten. Die Begriffe „Karma" und „Reinkarnation" werden dabei für mich zur hilfreichen Selbstverständlichkeit, verhelfen mir zu innerer Ordnung und Sicherheit. Ich fühle mich nicht mehr auf diesem Globus ab- und ausgesetzt, um sinnlos etwas umtreiben zu müssen.

Ich verstecke mich nicht mit der Krankheit, ich rufe alle Bekannten an und sage, dass ich Krebs habe. Diese Offenheit tut mir gut. Die Reaktionen sind sehr unterschiedlich, aber in einem ähneln sie sich alle: alle sind erst mal eine Weile lang ganz ruhig, schweigen. Die meisten fühlen sich hilflos, unsicher. Und ich erlebe, wie groß das Tabu ist, das sich mit dieser Krankheit verbindet. Das will ich durchbrechen, und ich spreche offen über alles, was mich bewegt.

Jeden Montag bekomme ich eine Mistel-Infusion, zusätzlich zu den Spritzen. Danach geht es mir jedes Mal viel besser. Ich weiß: Diese Kraft darf ich nicht missbrauchen, für anderes vergeuden – ich schenke sie mir, meinem Körper, der sie so dringend braucht. Also tue ich so, als ob es mir nicht so gut gehe, und mache nicht mehr als sonst.

Alle vier Wochen muss ich zur Nachuntersuchung in die Filderklinik: Röntgen, Ultraschall, Blutwerte. Einige Stunden vor der Abfahrt ziehe ich mich immer komplett in mich zurück wie in einer Art „Totstellreflex", dann ist die Glasglocke wieder da. Diese Distanz zur Welt dauert auch nach der Untersuchung an, meist bis zum Abend. Und ich sage mir nur immer wieder: „Ich gebe nicht auf." Die Aufnahmen sind wenig ermutigend: Die Metastasen wachsen und nehmen zu. Aber es geht mir erstaunlich gut damit. Jedes Mal, wenn Dr. Sch. fragt: „Wie geht es Ihnen?", kann ich nur antworten: „Ich fühle mich gut." Ich habe keine Schmerzen, ich bekomme gut Luft, ich kann mich den Umständen angemessen normal verhalten.

Bis September. Da stehen wir wieder vor den Röntgenbildern. Und können es kaum glauben: Die Metastasen haben sich nicht mehr vermehrt! Das Wachstum „steht". Die Krankheit scheint zum Stillstand gekommen zu sein! Aber noch bin ich vorsichtig, mache nur wenig mehr als zuvor. Ich lese viel, musiziere und gehe täglich spazieren.

Im Dezember steht der Umzug von H. nach F. bevor. Bisher haben wir mitten im Getümmel gelebt, im Alter wollen wir es nun ruhiger haben. Der Lärm und die schlechte Luft in der Stadt sind in meinem jetzigen Zustand nicht gut für mich. G. kann in F. noch einmal eine Praxis eröffnen, viel kleiner zwar als in H., aber das kommt gerade recht. Mein Elternhaus steht seit dem Tod meiner Mutter leer – das soll unser neues Domizil sein. Die ganzen Umzugsvorbereitungen hängen zum größten Teil an G. Ich kann mich allenfalls etwas am Organisieren beteiligen. Den Umzug selbst schaffe ich auf keinen Fall. „Für diese Zeit ziehen wir Sie aus dem Verkehr", sagt Dr. Sch. und holt mich im Dezember für drei Wochen zur Therapiekontrolle in die Filderklinik.

Am Tag des Umzugs liege ich bei der Visite tränenüberströmt im Bett. „Was ist los?", fragt Dr. Sch. „Ich weine, weil wir heute umziehen – eigentlich habe ich so gerne dort gewohnt, und nun ist das alles zu Ende." Da antwortet er ebenso knapp wie schlicht: „Jeder Tod gebiert etwas Neues." So einfach ist das. Warum bin ich nicht selbst darauf gekommen? Wie recht er hat. Dieser Satz ist für mich eine globale Erlösung, und er hat mir später noch oft geholfen. Jedes Ende einer Lebenssituation kann ich seither als „kleinen Tod", aber eben auch als Beginn von etwas Neuem sehen.

Der Tod. Der Gedanke daran ist mir nicht unbekannt. Ich lernte ihn von klein auf in der Praxis meines Vaters, im zweiten Weltkrieg und in der medizinischen Ausbildung sehr wohl kennen.

Einmal träume ich meine Todesanzeige – ich sehe sie heute noch vor mir – und bekomme, als ich einer Bekannten davon erzähle, zu hören: „So etwas darfst du doch nicht denken!" Oh doch: Ich darf, die Krankheit und die Bedrohung durch den Tod gehören genauso zu mir wie das Hiersein. Warum blenden wir dieses Thema immer aus? Früher, als die Menschen noch überwiegend daheim gestorben sind, wuchs jeder Mensch mit dem selbstverständlichen Wissen um die Endlichkeit des menschlichen Daseins auf. Zudem war die Lebenserwartung kürzer, man musste viel mehr des plötzlichen Todes gewärtig sein. Krankheit wurde auch viel selbstverständlicher erlebt. Sie galt nicht als „Störfall". Warum können wir nicht zu dieser Normalität zurückkehren?

Es gibt noch viele gute Gespräche, die wir in dieser Zeit führen. Dr. Sch. bietet mir dabei auch andere Behandlungsmethoden an, eine Hormontherapie zum Beispiel. Aber ich will gar nichts ändern. Ich bin zufrieden mit dem, was wir machen: die Misteltherapie, die Heileurythmie, das therapeutische Malen, die psychologische Unterstützung, die Visualisierungen.

Einmal wird mir von einer Bekannten eine spezielle Diät empfohlen, die sehr umständlich zuzubereiten ist. Ich frage Dr. Sch., was er davon hält. Er meint: „Seien Sie vorsichtig, das könnte Sie sozial isolieren." Wie recht er hat. Die wenigen Kontakte, die mir zurzeit möglich sind, will ich nicht noch damit aufs Spiel setzen, dass ich ständig Extrawürste gebraten bekommen muss. Mit der Krankheit und meinen eingeschränkten Fähigkeiten bin ich schon isoliert genug.

Von September 1986 bis Mai 1987 wachsen die Lungenmetastasen nicht mehr weiter. Und dann werden sie sogar kleiner! Ich fühle mich nicht nur besser, sondern will auch ein wenig mehr tun. Wochentags bin ich allein zu Haus – G. arbeitet noch in der alten Praxis, fährt hin und her. Was also kann ich mir zutrauen? Wie weit darf ich mich belasten? Dr. Sch. hat dafür ein äußerst simples Konzept: „Hören Sie immer auf, **bevor** es zu viel ist und Sie anstrengt." Hm. Wie merkt man rechtzeitig, dass etwas zu viel ist? Normalerweise stellt man das immer erst hinterher fest. Ich probiere aus, bin einfach äußerst vorsichtig, überlege sorgsam, was ich mir zumuten will und was nicht. Schließlich finde ich eine leicht umzusetzende Antwort: Ich tue nur noch, wozu ich Lust habe, und höre auf, sobald es mir keine Freude mehr macht. Dann ist eine Pause angesagt. Bequem hinsetzen, Beine hochlegen, durchatmen. Dann stellt sich langsam die Freude am abgebrochenen Tun wieder ein.

Ich fühle mich nicht mehr verpflichtet, ich folge dem Lustprinzip! Was ich nicht gern tue, lasse ich sein. Zuallererst die Hausarbeit! Putzen ist mir ein Graus. Das müssen nun andere tun! Dafür koche ich gern. Aber auch da mache ich Schluss, sobald ich die Freude daran verliere – ob es nun beim Salatputzen ist oder beim Getreidemahlen. Pause! Zum Glück habe ich eine wunderbare Stütze in G., der all diese „Eskapaden" mitträgt und mich unterstützt, wo er nur kann – und das trotz seines normalen Praxisalltags hier in F.!

Jeden Morgen zwischen 8.30 und 9.00 Uhr absolviere ich mein kleines Bewegungsprogramm, das sich aus Yoga, Jazztanz, Ballett und Tai-Chi zusammensetzt. Eine seltsame Mischung, aber genau richtig für mich.

Mehr und mehr finde ich es auch richtig spannend, alten Strukturen und Verhaltensmustern auf den Grund zu kommen, sie abzulegen und zu verändern. Ein Beispiel: Früher hatte ich mich für wichtige Gespräche und Telefonate oft eines Vermittlers bedient, auch bei Dr. Sch. – ich traute mich einfach nicht, so etwas selbst in die Hand zu nehmen. Das ist jetzt anders. Ich brauche keine Vermittler mehr. Ich habe so viel Zutrauen zu mir selbst, dass ich es selbst tun kann. Es ist eine für mich ganz neue, reiche und wertvolle Zeit.

Mit der Zeit werden die Lungenmetastasen nicht nur kleiner, sie verschwinden sogar völlig! Bis auf eine. Die wird größer. Es steht im Raum, sie operativ zu entfernen. Aber ich will nicht. Dr. Sch. meint: „Schlafende Hunde soll man nicht wecken." Damit meint er die Lebermetastasen. Er stellt die Operation in meine Entscheidung – es gibt auch Gründe, die dafür sprechen. Die Metastase kann weiter wachsen, sie kann bluten, sie kann Krebszellen streuen. Aber ich bleibe dabei: beobachten ja, Operation nein.

Meine Tätigkeitsmöglichkeiten sind wieder etwas stärker eingeschränkt. Ich lese viel, vor allem Bücher, die mir beim Umgang mit dem Leben und Sterben, bei der Auseinandersetzung mit mir selbst, helfen. Ich beschäftige mich mit der Frage: Was steckt eigentlich hinter dem ganzen Tun und Sein auf dieser Erde? Auch fachlich erweitere ich meinen Horizont. Da ich jetzt auch mit homöopathischen Mitteln behandelt werde, hole ich nach, was im Studium nicht zwingend vermittelt wurde: Was ist Homöopathie? Dass sie wirksam ist, habe ich an mir selbst erfahren.

Und ich male. Schon bei den Klinikaufenthalten habe ich neben anderen künstlerischen Therapien das therapeutische Malen kennengelernt. Jetzt greife ich es zu Hause wieder auf. Ich hatte schon früher, als junge Frau, gemalt – später ist es dann der Musik „zum Opfer gefallen". Aber musizieren fällt mir jetzt schwer. Blasen geht gar nicht, streichen ist schwierig. Beides müsste ich einsetzen können, um in unserem Ensemble wieder spielen oder um dafür üben zu können. Aber das Malen geht, es ist weniger anstrengend. Im Umgang mit Papier und Farbe nehme ich mein Leben, meine Umgebung, meine gesamte Umwelt völlig neu und viel bewusster wahr. Für jeden Tag bin ich dankbar. Derart bewusst hatte ich noch nie gelebt. Früher ging es immer um das, was bevorstand, was als Nächstes zu tun war, also um die Zukunft. Jetzt lebe ich im Jetzt.

Die Kur

Schon in der Klinik hatte mir Dr. Sch. nahegelegt, eine Kur zu machen. Aber ich wollte nicht, und ich will immer noch nicht. Dieser ganze Kurbetrieb, wo alles nach Vorschrift abläuft, ist mir ein Gräuel. Ich will nicht auf Kommando schwimmen oder turnen. Mir ist bang vor den Menschenmassen in den Sanatorien, vor fremden Ärzten. Ich fühle mich unwohl, wenn ich mit zig anderen gemeinsam meine Mahlzeiten einnehmen soll. Aber Dr. Sch. meint, es gebe auch andere Kurheime, die kleiner und überschaubar sind und nach einem anderen Konzept arbeiten, mit individuellen Therapien in einer persönlichen Atmosphäre. Schloss Hamborn zum Beispiel.

Ich zögere noch eine Weile, aber dann – im November 1987 – entschließe ich mich, es dort einmal auszuprobieren. Schloss Hamborn ist eine anthroposophische Kureinrichtung. Ich kann also sicher sein, dass all meine Therapien dort fortgeführt werden. Weitere Pluspunkte sind: Es gibt dort Vorträge zu Themen, die mich interessieren. Die Klientel ist eine bunte Mischung von Patienten mit verschiedenen Krankheiten, nicht nur Krebskranke. Es sind auch Menschen dabei, die mitten im Leben stehen. Und es ist ein Tapetenwechsel, der mir gut tun wird.

Tatsächlich – ich bin angenehm überrascht. Und die Gespräche mit Mitpatienten machen mir Mut. Ich sehe: Es gibt Menschen, die die gleiche Krebsart haben wie ich und damit schon vier Jahre leben oder sieben oder zwölf. Dann werde ich es doch auch vielleicht so weit bringen? Krebs muss offenbar nicht gleich ein Todesurteil sein. Man kann sich damit arrangieren, man kann mit Krebs leben.

Dieser Austausch mit den anderen Krebspatienten ist für mich besonders wichtig. Denn: Wer nicht selbst betroffen ist, weiß einfach nicht, wie man sich mit dieser Diagnose fühlt. Ein Arzt kann nur aus Gesprächen lernen, was uns Krebspatienten bewegt.

Mehr geht nicht. Auch Freunde, Angehörige, Partner – sie können betroffen sein durch die veränderte Lebenssituation, sie können sich damit auseinandersetzen, sie können versuchen, sich in die Lage zu versetzen. Aber das alles hat seine Grenzen. Im Grunde wissen sie nicht Bescheid. Es tut mir gut, mit diesen anderen, ebenfalls an Krebs Erkrankten zu sprechen, mich auszutauschen, zu spüren: Ich bin nicht allein mit meinen Problemen.

Auch mit den Ärzten habe ich viele gute Gespräche. Die Vorträge und die musikalischen Darbietungen sind ebenso wichtig wie das Chorsingen für Patienten. Es entstehen Freundschaften, die bis heute dauern.

Im Sommer 1988 mache ich eine „tour d'horizont" bei Freunden. Zwei Wochen kurven wir durch Frankreich, die Schweiz und rund um den Bodensee. Danach bin ich fix und fertig. Zum ersten Mal habe ich das Gebot von Dr. Sch., mich nicht zu überanstrengen, nicht eingehalten. Mit Absicht. Denn wer weiß, wie lange ich noch lebe? Und ich wollte einfach noch einmal bei allen vorbeischauen, die mir lieb und wichtig sind.

Die Quittung folgt auf dem Fuße: Ich muss ab und zu Blut husten – laut G. ein „Katastrophensignal". Alle Lungenmetastasen haben sich zurückgebildet. Nur eine, die letzte, ist gewachsen. Sie ist es, die den Bluthusten verursacht. Silvester 1988/89 verbringe ich in der Klinik – G. ist es zu riskant, mich zu Hause zu behalten. Dr. Sch. sagt, man könne die Metastase operieren. Mich erschreckt diese Vorstellung: Dann wird doch alles wieder schlimmer – Eingriffe im Brustraum, so hatte ich es im Studium gelernt, sind hoch riskant. So war es früher. Ich frage Dr. Sch.: „Würden Sie sich operieren lassen?" Er antwortet wie immer in der für ihn typischen Bildersprache: „Schlafende Hunde soll man nicht wecken." Womöglich könnten die ruhenden Lebermetastasen durch die Operation aktiviert werden. Aber er überlässt mir die Entscheidung. Ich bin mir ganz sicher: Nein, es wird nicht operiert. Der gelegentliche Bluthusten ist mir nicht Grund genug.

Ich habe irgendwie ein ungutes Gefühl beim Gedanken an eine Operation. Und auf diese innere Stimme höre ich.

Im Frühjahr 1989 mache ich zum zweiten Mal für sechs Wochen eine Kur in Schloss Hamborn. Wie schon 1987 komme ich höchst erfüllt wieder nach Hause. Nur beim dritten Mal, 1990, läuft alles ganz anders.

Die Lungenblutung

Im April 1990 fahre ich zu meinem dritten Kuraufenthalt nach Schloss Hamborn, wieder sind sechs Wochen angesetzt. Mir geht es nicht gut. Der Vergleich mit den Mitpatienten fällt dieses Mal zu meinem Nachteil aus.

In der Nacht vom 5. auf den 6. Mai geschieht es dann. Ich wache auf, weil ich einen heftigen Hustenanfall habe. Blutgeschmack erfüllt meinen Mund. Ich huste 60–80 Papiertaschentücher voll, rufe sofort den Arzt. Offenbar ist die Lungenmetastase aufgebrochen. Der Arzt im Sanatorium behandelt mich bestens, die Blutung steht. Aber die Situation ist bedrohlich, er will mich sicherheitshalber in eine 150 km entfernt gelegene Lungenklinik in Hemar verlegen. Die Schwester packt meine Sachen, am frühen Morgen informiert sie G. Der sagt sein geplantes Wochenend-Seminar ab und ruft sicherheitshalber in der meinem Heimatort nahegelegenen Lungenklinik an. Die Antwort beruhigt: Ich kann bei Bedarf jederzeit kommen. Das ist mir wichtig. Wer weiß, was mich in Hemar erwartet. Die Autofahrt dorthin ist wunderschön, sie führt mich durch eine zauberhafte Frühlingslandschaft. Ich bin ganz ruhig.

Als ich ankomme und der diensthabende Arzt meine Geschichte hört, macht er mich erst mal zur Schnecke: „Da haben wir's mal wieder – erst rumpfuschen, und wenn's dann brenzlig wird, müssen wir ran." Und so weiter. Er trifft mich damit nicht wirklich, aber kalt lässt mich dieses Geschwätz auch nicht. Ich betone, dass es ausschließlich meine Verantwortung ist, dass ich diese Metastase bisher noch nicht habe operieren lassen. Aber es geht nicht in seinen Kopf, dass Ärzte solche Eigenverantwortung toleriert haben. Mit ihm wäre das nicht möglich gewesen. Gott sei Dank bin ich ihm nicht früher in die Hände gefallen. Mir ist klar: Hier kann ich nicht bleiben, hier muss ich weg. So schnell wie möglich. Aber erst mal bekomme ich ein Zäpfchen gegen den

Hustenreiz. Davon wird mir übel. Als ich nach einigen Stunden ein zweites bekommen soll, bitte ich, es zu halbieren. „Nein, Sie brauchen ein ganzes", heißt es nur. Ich teile das Ding dann selbst in zwei Teile.

G. kommt kurze Zeit später. Blass, aber gefasst. Die Nachricht, dass ich jederzeit in die nahe H. gelegene Lungenklinik kommen kann, hat einen Haken: Der bisherige Chef, den G. gut kennt, zu dem wir beide Vertrauen haben, ist nach Indien ausgewandert, der Nachfolger noch bis nächste Woche im Urlaub. Horror! Was nun? Ich weiß nur eins: Weg. Weg. Weg. Egal, wohin, und wenn ich eben eine Woche warten muss auf den neuen Chef.

Am nächsten Morgen werde ich auf eigene Verantwortung „auf die Autobahn entlassen". Ich habe ein starkes Beruhigungsmittel bekommen, damit ich nicht husten muss. Die Fahrt ist riskant. Wenn die Metastase wieder aufbricht und ich Blut huste, bin ich in akuter Lebensgefahr. Mit dem Atlas auf dem Schoß verfolge ich bei unserer Fahrt, von welcher Autobahnausfahrt wir notfalls rasch zu einer Stadt mit einer Lungenklinik gelangen können ... Aber alles geht gut. Es ist Sonntag, die Straßen sind zum Glück leer. Gleich am nächsten Morgen bringt G. mich in die Lungenklinik. Der stellvertretende Oberarzt untersucht mich. Er hat sichtlich Mühe, meine Krankengeschichte zu glauben. So etwas ist ihm offenbar noch nicht untergekommen. Aber ich höre nur Verwunderung, Staunen, keinen einzigen Vorwurf. Ich fühle mich angenommen und akzeptiert. Wir kommen überein, die eine Woche, die der Chef noch in Urlaub ist, abzuwarten, es sei denn, es entsteht akut Handlungsbedarf.

Der Chef kommt zurück, ohne dass erneut eine Blutung aufgetreten ist. Auch er ist höchst verwundert über meine Geschichte und fast empört, dass ich so lange mit dieser Metastase herumgelaufen bin bzw. dass man mich damit hat herumlaufen lassen ... Aber dann stellt er sich selbst die entscheidende Frage, und damit gewinnt er sofort meine Sympathie und mein Vertrauen: „Was würde ich mir in Ihrer Situation wünschen, dass mit mir geschehe?" Die Antwort ist klar: Er würde die Metastase anschauen lassen. Also Bronchoskopie. Sicherheitshalber in Vollnarkose. Zum Glück, denn die Metastase bricht auf, blutet wieder. Ich wache auf der Intensivstation wieder auf. Der Chefarzt hatte schon alles vorbereitet für eine Notoperation, aber dann schaffte er es doch, die Blutung zu stillen. Trotzdem: Der Blutverlust hat mich stark geschwächt. G. sagt, er habe mich kaum erkannt, so grau sehe ich aus ...

Nun ist allerdings klar: Das Ding muss raus. Ich kann die Operation nicht mehr länger aufschieben. Ich rufe Dr. Sch. an. Ich schwanke, ob das alles richtig ist. Bisher war ich ja immer gegen diese OP. Muss sie jetzt wirklich sein? Er sagt, wenn ich selbst jetzt aufgrund der neuen Lage das Gefühl habe, dass es richtig ist, dann solle ich diesem Gefühl vertrauen. Vorwärts schauen, nicht rückwärts. Jetzt scheint sie eben dran zu sein, die Operation.

Am 22. Mai 1990 ist es so weit. Den ganzen Vormittag warte ich darauf, in den OP geschoben zu werden. Um 12 Uhr denke ich: Heute wird's wohl nichts mehr. Tatsächlich: Die Operation wird verschoben. Irgendein Befund fehlt. Den Ärzten ist das extrem unangenehm. Mir nicht. Dann eben heute nicht, morgen ist auch ein Tag. Alles ist groß, weit, umfassend. Ich befinde mich in einem schwebenden Zustand, in einem höchst spannenden Niemandsland. Es gibt kein Vor oder Zurück, keine Probleme, kein Zeitempfinden, keine Angst. Ich bin nicht mehr ganz hier, aber noch nicht ganz dort. Ich fühle mich völlig frei wie nie zuvor und auch später nie wieder, ganz im Augenblick. Ich bin.

Am nächsten Tag wird ein Drittel des rechten Lungenflügels entfernt. Alles geht gut. Ein Stück Lunge fehlt. Das Atmen tut weh, aber ich muss atmen. Ich bekomme eine „volle Dröhnung" Opiate gegen die Schmerzen. Es soll nur minimal wehtun, sonst wird der Atem zu flach. Und das provoziert womöglich eine

Lungenentzündung. Ich bekomme Atemtherapie und -gymnas-tik. Nach drei Wochen werde ich entlassen.

Mit sehr viel Mühe und Willensanstrengung komme ich von den starken Schmerzmitteln wieder weg. Danach fühle ich mich innerlich und äußerlich wie frisch gewaschen. Die Schmerzen empfinde ich nicht mehr als lästig, sondern als zu mir gehörig.

Heimweh

Im Januar 1989 habe ich ein eigenartiges Gefühl der Schwermut, des Heimwehs. Aber wonach? Meinem Mann? Nein, der ist ja da. Meinen Kindern? Nein. Meinen verstorbenen Eltern? Nein. Ich finde einfach keine Erklärung dafür. Und ich muss ständig weinen. Irgendwann legt sich die Trauer. Aber nicht für lange.

Bei einem Aufenthalt in der Filderklinik geht es wieder los. Wieder das Weinen, die grundlose Traurigkeit. Ich weiß genau: Da stimmt etwas nicht. Nur: Was? Ich werde gut betreut, es geht mir sonst gut. Ich frage Dr. Sch., klage ihm mein Leid: „Ich habe Heimweh, aber ich weiß nicht, wonach, vielleicht sogar nach dem Tod." Er sagt nur: „Die Seele hat Heimweh nach ihrer Heimat, der geistigen Welt, von der sie kommt." Es sei verständlich, dass die Seele in einer so brisanten Situation wie meiner, wo man nicht mehr sehr viel tun kann, wieder dorthin will, wo sie herstammt.

Aber: Ich habe keine Todessehnsucht. Wenn es mir körperlich schlecht geht, frage ich mich zwar schon oft: Was soll ich hier noch? Warum muss ich das alles durchstehen? Dann habe ich das Bedürfnis, alles loslassen zu können und zu dürfen. Nichts mehr zu müssen. Aber ganz triviale alltägliche Wünsche reißen mich wieder heraus aus dieser Lethargie: Ich möchte zum Beispiel wieder schön kochen können! Ich gebe nicht auf!

Und dann mache ich mir klar, dass ich eingebettet bin in ein zyklisches Geschehen, in ein Kommen und Gehen, Werden und Vergehen. Das tröstet. Das lässt mich wieder ins Gleichgewicht kommen, mich wieder einschwingen ins Jetzt.

Bei solchen Prozessen sortieren sich die Wichtigkeiten. Es wird mir egal, was andere von mir denken. Es ist mir gleich, ob ich den Anforderungen einer Gesellschaft genüge. Ich bin ich – und das gilt es kennenzulernen. Ich empfinde den Krebs nie als brutal, ich hadere nicht damit, dass ich krank geworden bin. Der Krebs hilft mir, Eigenständigkeit zu gewinnen, nicht an Alltags-normen kleben zu bleiben. Eine Lebensaufgabe.

Raus aus dem Versteck

Mein Leben lang habe ich mich angepasst. Es allen recht machen wollen. Ich habe mich untergeordnet und getan, was von mir erwartet wurde. Das war zu Hause bei den Eltern so. Das war später in unserer Ehe so.

Ich war überall die Kleinste – mit meiner Größe von 1,52 Metern. Auf dieser Basis ist es schwer, Selbstbewusstsein zu entwickeln.

Ich hatte nie eine Dauerfreundin, und ich habe nie gelernt, wie man sich gegen Intrigen wehrt. Ich war „dem Doktor sein Kind" und somit privilegiert.

Als Mädchen durfte ich zu Hause bei Tisch keine Brille tragen, obwohl ich ziemlich kurzsichtig bin. „Das sieht nicht gut aus, und Mädchen haben gut auszusehen", meinte mein Vater. Auch bei Tanzkursen habe ich sie immer abgesetzt. Dann kam ein einschneidendes Erlebnis: Ich war sehr verliebt in einen jungen Mann. Eines Tages muss ich ihm auf der Straße begegnet sein. Er ging auf der anderen Straßenseite, winkte mir zu, aber ich ging stur weiter, ich sah ihn – brillenlos! – einfach nicht. Danach wollte er nichts mehr von mir wissen. Seither habe ich die Brille aufgelassen. Immer.

Nach dem Abitur wollte ich Innenarchitektur studieren. Aber mein Vater – selbst Arzt – wollte, dass ich Medizin studiere. Ich füge mich. Ein Jahr will ich es probieren, dann entscheide ich mich. Und finde dann das Studium so toll, dass ich es zu Ende bringe. Noch im Studium habe ich G. kennengelernt. Nach der Hochzeit kamen dann bald die Kinder. Bis zur Hochzeit war ich noch als Ärztin tätig, habe aber immer nur Praxisvertretungen gemacht, später half ich G. in seiner Praxis. So richtig eigenverantwortlich als Ärztin tätig war ich nie. Das habe ich mir nicht zugetraut. Ich meinte, diese Verantwortung nicht tragen zu können. Ich habe mich immer hinter anderen versteckt.

Nur existenzielle Sorgen haben mich dazu gebracht, selbst aktiv zu werden. Die Erziehungsprobleme mit einem unserer Söhne zum Beispiel. Da ließ ich mich zur Montessori-Kindergärtnerin ausbilden, weil ich mehr wissen wollte über Pädagogik und die erzieherischen Möglichkeiten. Aber auch diesen Beruf habe ich nie ausgeübt – ich habe mich nicht getraut, die Verantwortung für eine Kindergruppe zu übernehmen.

Erst der Krebs hat mich gezwungen, aus dieser Passivität herauszutreten, mein Versteck zu verlassen. Da **musste** ich lernen, mich selbst wahrzunehmen, Entscheidungen zu treffen – für mich. Keiner hat mir das abgenommen. Und Schritt für Schritt habe ich gelernt, Verantwortung für mich zu übernehmen. Ich habe die Krankheit gebraucht, um es wirklich zu können.

Seltsame Erlebnisse

Es gibt einige Erlebnisse, die ich mitteilen möchte, auch wenn ich damit bisher sehr zurückhaltend war. Zum einen ist es mir mittlerweile gleichgültig, wie andere Menschen über mich urteilen. Es ist mir egal, ob sie sagen „Die spinnt", oder „Die hat Halluzinationen", oder „Die hat wohl ein bisschen zu viel Beruhigungsmittel geschluckt." Ich weiß: Ich habe das alles erlebt. Nüchtern. Ich stand weder unter Drogen noch unter dem Einfluss von starken Arzneimitteln. Ich war nicht hypnotisiert und auch nicht in Trance. Ich bin sicher: Auch andere haben ähnliche Erlebnisse. Aber sie sprechen nicht darüber. Sie verdrängen sie. Sie haben Angst davor, das Erlebte an sich ranzulassen. Oder sie wehren sich dagegen, es zu akzeptieren. Mir haben sich diese Erlebnisse so stark eingeprägt, dass sie fest zu meinem Leben gehören, zu meiner stets abrufbaren Erinnerung.

Blick nach innen (1986)

Wenige Tage vor der allerersten Operation 1986 versuche ich, in der Mittagsruhe nach dem Essen mein wild klopfendes Herz mit einer Entspannungsübung zu beruhigen. Ich beginne mit den Zehen, Fußsohlen, Fußknöcheln und „wandere" dann weiter die Beine hoch zum Rumpf. Als ich in den Bauchbereich komme, sehe ich plötzlich von den Fußspitzen bis zum Nabel mein Inneres: Muskeln, Gefäße, Knochen, Nerven. Aber nicht normal. Wie in Sülze erstarrt liegt alles da, festgebacken in einer glasigen Masse. Unheimlich! Ich wende mich ab, erschrocken, schockiert. Ich hinterfrage nicht.

Wenige Tage nach der OP habe ich wieder einen solchen Blick nach innen. Diesmal sehe ich in mir das linke – frisch operierte – Nierenlager: hellblau leuchtend, glatt, geräumig. Mir ist klar: Da ist alles in Ordnung. Im selben Moment sehe ich im rechten

Oberbauch ein pflanzliches Gebilde wie eine Nadelkissen-Protea. Ich denke sofort: „Aha, die Lebermetastasen blühen." Einige Wochen später dieselbe Nadelkissen-Protea. Aber diesmal: verwelkt! Das gibt Hoffnung!

Schweben (1987)

Ungefähr ein Jahr später liege ich nachmittags daheim im Bett. Mir ist irgendwie übel. Plötzlich sehe ich mich ca. einen Meter über mir selbst schweben, sehe auf mich herab, sehe durch mich hindurch, mein Körper ist transparent, sehe hinunter und durch die ebenfalls durchsichtige Bettdecke. Dann ein „Klick", und es ist vorbei. Ich öffne die Augen, fühle mich gut und alles ist wie gewohnt.

Die Lungenmetastase (1989)

Bei meinen täglichen Entspannungs- und Visualisierungsübungen sehe ich die Lungenmetastase des rechten Unterlappens als hellblau leuchtendes oval-längliches Säckchen – wunderschön.

Stürme (Februar 1990)

Im Frühjahr 1990 erleben wir zu Hause drei schwere orkanartige Stürme. Erst beim zweiten wird mir klar, dass ich sein Herannahen genau spüre. Ich habe das Gefühl, als ob ich durchwoben sei von einem dreidimensionalen engmaschigen Gitter, das leicht vibriert. Vor dem dritten Orkan das gleiche Erlebnis. Ich bin gespannt, ob es wirklich stürmt. Jawohl, der Sturm ist da.

Besondere Begegnung (Mai 1990)

Vier Tage nach der Lungenblutung werde ich in der H.er Lungenklinik zu einer Untersuchung geschickt. Ich verlasse den Aufzug. Weit und breit ist kein einziger Mensch zu sehen. Vor mir ein Gang, der mir 100 Meter lang erscheint, in Wahrheit sind es ca. 20 bis 25 Meter. Ich gehe. Da sehe ich am Ende des Ganges in der Ferne von rechts den mir vertrauten Oberarzt mit drei oder vier oder fünf weiteren weißen Gestalten den Flur betreten, um ihn zu überqueren. Wie auf Kommando bleiben alle stehen und blicken zu mir. Vom Oberarzt geht ein leuchtender, blauer Strahl direkt zu mir, und ich denke blitzartig: Wie die mich wohl sehen? In diesem Moment sehe ich mich in meinem Morgenrock auf die Ärzte zugehen. Im Rücken nehme ich zur gleichen Zeit einen hellen, leuchtenden, weißlichen Strahlenkranz um mich herum wahr.

Atempause

Nach der Lungenoperation 1990 erhole ich mich recht gut. Es folgt eine sehr schöne Zeit ohne dramatische Geschehnisse. Ich besuche Malkurse, höre Vorträge, gehe allerdings sehr vorsichtig mit mir um. Keine Überanstrengungen, keine langen Reisen, die ja immer mit einem Einfügen in fremde Strukturen verbunden sind. Den Beruf wieder aufzunehmen, ist ausgeschlossen. Aber es macht mir nichts aus. Von Aufregungen, die von außen hätten kommen können, bleibe ich halbwegs verschont. Ich genieße das in vollen Zügen und mit großer Dankbarkeit.

Den Rat von Dr. Sch., jeden Tag eine Stunde spazieren zu gehen, befolge ich mit Freuden. Diese Gewohnheit habe ich bis heute beibehalten, ob in schnellem oder langsamem Tempo, ist egal. Wenn ich heimkomme, lege ich sofort die Beine hoch – welche Wohltat!

1993 zeigen sich wieder Schatten auf der Lunge. Ich weiß, da tut sich wieder was. Metastasen. Der Lungenfacharzt will sofort operieren. Ich habe großes Vertrauen zu ihm, aber ich weiß: Das will ich nicht. Der Krebs ist immer langsam gewachsen, es gibt keinen Grund für überstürztes Handeln. Nach einigem Tauziehen willigt er ein: Wir warten ab. Dr. Sch. ist auch dafür.

Wir intensivieren die bisherige Therapie, vor allem die Mistelbehandlung. Der Lungenfacharzt trägt das mit – eine wohltuende Ausnahme unter Schulmedizinern.

1994 die nächste Kontrolluntersuchung. Keine wesentlichen Veränderungen. Die Schatten sind da. Aber sie haben sich nicht wesentlich vergrößert. Ich fühle mich bestätigt. Wir warten weiterhin ab. Manchmal frage ich mich sogar: Haben wir uns nicht getäuscht? Ist da wirklich etwas? Ich fühle mich wohl, habe in meinem gemäßigten Alltag keine wesentlichen Einschränkungen hinzunehmen. Die Lebermetastasen sind noch da, aber sie ruhen. Und dann ist da eben dieses Unerklärliche in der Lunge. Na und?

Dieser Zustand hält an bis Mai 1997. Da geht es mir zunehmend schlechter. Ich habe das Gefühl, dass etwas wirklich nicht stimmt, und willige ein, dass die neuen Metastasen operiert werden. Wir einigen uns auf einen Termin im Oktober. Doch es kommt alles ganz anders.

Mitte September haben wir einen lange angekündigten Besuch von drei Freunden aus den USA, mit denen wir gut musizieren können, es schon oft getan hatten und nun wieder ein Wochenende lang tun wollten. Die Freunde kommen, wir musizieren. Ausnahmsweise gehen wir auswärts essen, was wir sonst selten tun. Wir gehen spazieren, aber andere Wege als die gewohnten, es sind holprige Pfade, und sie sind länger, als ich es gewohnt bin. Meine Mittagspause fällt knapp aus. Kurzum: Ich bin bewusst unvorsichtig. Und ich genieße es, ich werde doch eh bald operiert. Aber die Quittung folgt auf dem Fuße: Am nächsten Tag fühle ich mich unerträglich müde. Und noch einen Tag später habe ich Beine wie Blei so schwer, und ich stolpere beim Gehen zunehmend über den rechten Fuß. Immer wieder muss ich mich auf dem Weg zur Post hinsetzen, und ich fühle mich miserabel. Als ich auch noch eine Pfanne nur mit Mühe mit der rechten Hand festhalten kann – Arm und Hand sinken unkontrollierbar ab auf einen kochend heißen Topf, und ich verbrenne mir den rechten Unterarm –, wird klar: Da stimmt etwas nicht. Da stimmt irgendetwas überhaupt nicht.

Ich gerate nun doch etwas in Panik und rufe einen Bekannten an, ebenfalls Arzt. Er sagt: „Leg mal den Hörer weg, setz dich hin, mach die Augen zu und strecke beide Arme waagerecht aus. Dann zähle bis fünf und mach die Augen wieder auf. Wo ist der rechte Arm?" Er ist abgesunken. Der linke nicht. Ich habe rechtsseitig eine beginnende Lähmung. Damit ist klar: Verdacht auf Hirnmetastasen. Mein größter Horror seit der ersten Diagnose. Ich wusste immer: Irgendwann kommt sie, die Metastase. Jetzt ist sie da.

Es muss eine Kernspin-Tomographie des Kopfes gemacht werden. Im unbequemen, ratternden Kastenwagen des Roten Kreuzes fahre ich am nächsten Tag in eine entsprechend ausgerüstete Praxis. Laufen ist schon nicht mehr möglich. Während ich darauf warte, aufgerufen zu werden, betrachte ich mir die Ausstellung von Gemälden eines ortsansässigen Malers, die das Wartezimmer schmückt. Ein Bild sticht mir besonders ins Auge. Es ist monochrom, fast langweilig. Aber es hat einen roten Punkt. Und genau dieser Punkt animiert mich. Ich weiß: Egal, was wird, ich will wieder malen, und wenn es mit links ist oder mit dem Fuß. Dafür lohnt sich alles!

Aber nun muss ich zuerst die Untersuchung überstehen. Mir ist schon etwas bang. Eine Frau, die vor mir untersucht wird, rast schreiend aus dem Untersuchungszimmer und weigert sich fortan, den Raum wieder zu betreten. Und dann werde ich mit dem Rollstuhl hineingefahren. Was wird mit mir geschehen? Es heißt, eine Kernspin-Tomographie sei laut, das Gerät sehr eng, eine Tortur, darin zu liegen! G. darf mich zum Glück begleiten.

Es ist wirklich ein enger Tunnel, in den sie mich legen. Mein Kopf ruht in einem „Körbchen". Die vorbereitenden Einstellungen der Maschine verursachen knackende, tickende Laute. Aber dann bricht ein regelrechtes Trommelfeuer über mich herein. Im Stakkato knattert und knallt es um mich herum. Wenige Sequenzen, dann ändert sich der Rhythmus. Immer wieder. Nonstop. Warum müssen diese Geräte einen solchen Krach machen? Ich spüre, wie ich zu schwitzen beginne, Übelkeit steigt auf, und ich bemühe mich, „bei mir" zu bleiben. Es scheint kein Ende zu nehmen, immer noch einmal, immer neues Getacker, wieder Schweißausbrüche. Der einzige Rettungsanker: G.s beruhigende Hand auf meinem rechten Bein.

Und dann ist es geschafft! Wir müssen noch eine Weile warten. Der Befund ist eindeutig: Haselnussgroße Metastase links im Gehirn, mit einer riesigen Schwellung rundherum, die die Lähmung verursacht. Ich bekomme Kortison. Das schwemmt das Gewebswasser aus. Der Arzt rät dringend zur Operation. Ich versuche, Dr. Sch. zu erreichen. Aber mittlerweile hat er eine andere berufliche Stellung angenommen. Sein Nachfolger unterstützt die Operation und empfiehlt dafür eine der großen Uni-Kliniken in Tübingen, Freiburg oder Heidelberg. Besonders die „Kopfklinik" in Heidelberg ist berühmt und genießt weltweit ein hohes Renommee. Sie liegt nur 50 km entfernt von meinem Zuhause. Auf sie fällt meine Wahl.

In der „Kopfklinik"

Dank des Kortisons verringert sich die Schwellung rasch, ich kann wieder gehen. Bei der Untersuchung in der Kopfklinik heißt es zuerst: Wir bestrahlen nur, Operation unnötig. Aber dann meint der auf mein Bitten hinzugezogene Chef: Doch, es wird operiert, und zwar: intrakraniell, mit Computernavigation – dem Neuesten vom Neuen. Sobald ein Bett frei wird, komme ich dran.

Ich warte. Und führe eine Reihe von guten und wichtigen Gesprächen. Diese Situation zieht mir doch den Boden unter den Füßen weg. Ich weiß nicht, ob ich wieder richtig werde laufen können, ob ich die Sprache verliere. Und: Wie wird mein Körper die Belastung der Operation tolerieren? Wie werden die Lungenmetastasen reagieren? Werden die noch verbliebenen fünf Lebermetastasen aufwachen? Die Ungewissheit quält mich. Täglich fließen Tränen.

Zum 3. Oktober 1997 werde ich in die Kopfklinik bestellt. Noch mal eine Kernspin-Tomographie. Diesmal ohne G.s beruhigende Hand. Keine schöne Vorstellung. Ich bereite mich mental darauf vor, versuche, mir Szenarien auszumalen, zu denen die abgehackten Geräusche passen. Trommelsignale von Buschmännern? Urwald? Nein, lieber nicht – Urwald ist feucht-heißes Klima, Urwald ist Schwitzen. Dann schon lieber Steppe, frei, kühl, überschaubar. Neugierig lege ich mich auf die Untersuchungsliege. Und bin überrascht: Der Tunnel ist geräumiger als bei der ambulanten Untersuchung in der Arztpraxis. Ich bekomme Ohrstöpsel, die aber gleich wieder herausfallen – meine Gehörgänge sind zu eng dafür. Also Schaumstoff-Streifen über die Ohren. Ob das reicht? Ich warte ab. Die Eichgeräusche sind harmlos. Und dann entwickelt sich ein überraschendes Szenario: Von rechts beginnend, mitten durch den Kopf hindurch und links wieder heraus, durchfluten mich in kontinuierlicher Folge Geräusche, verknüpft mit präzisen optischen Vorstellungen. Eine „horizontale Dampframme" zum Beispiel, die aus 5 cm breiten Mahagoniholzleisten besteht; dann zwei Messing-Drillbohrer mit Mahagoniknauf (kein Bohrgefühl!), die sich von rechts nach links bewegen. Und weitere ähnliche Phänomene. Verrückt.

Zwischen den tuckernden Geräuschen höre ich plötzlich immer wieder regelmäßig aufsteigende Obertonreihen, die mir eine angenehme Klangwelt zaubern. Fasziniert höre ich zu. Und jetzt erscheint in gleichmäßigen Abständen – wie eine Rufterz – die Invokation „deo" (von lateinisch „deus")! Die Obertonreihen und das „deo" sind von transparenter rosaroter Farbe begleitet, die zwischen den quer- und teilweise auch senkrecht verlaufenden leistenartigen Gebilden hervorleuchtet. Ich habe das Gefühl eines unendlich weiten Bewusstseins – und kann dieses Gefühl sogar genießen! Und dann ist plötzlich alles vorbei, die Untersuchung beendet. Fast bedauere ich es.

Vor der Operation stehen mir mindestens drei, wahrscheinlich sogar vier Tage der „Eingewöhnung" zur Verfügung. In der ersten Nacht träume ich: Ich befinde mich in einem rechteckigen, leeren Raum, grau und rötlich getönt. Hinter mir stehen undeutlich G. und noch eine Person, und ich sage: „Ich bin jetzt einige Tage weg, ihr könnt alles so lassen, wie es ist, auch das mit dem Fernseher eilt nicht." Eine Längswand des Raumes fehlt, ich kann in eine Erdgrube sehen, die völlig mit Grassoden ausgekleidet ist. Die Grube ist knapp einen Meter tief, und ich überlege, hineinzuspringen. Plötzlich weiß ich, dass in dieser Grube häufig ein goldenes Tier sitzt, das sehr, sehr scheu ist. Dennoch wage ich es, hinunterzuspringen. Und in der Tat, da sitzt dieses goldene Tier – und es bleibt ruhig, lässt sich durch mein Dasein nicht vertreiben! Es ist ungefähr 40 bis 50 Zentimeter lang, wendet mir seine Rückseite zu, die wesentlich höher ist als die Vorderseite. Das Gesicht ist eine Mischung aus Igel und kleinem Bär, mit braunen, klugen Augen und einer schnüffelnden goldenen Schnauze. Das Fell besteht aus drei bis fünf Zentimeter langen, kräftigen, durch und durch goldenen Haaren. Ich kauere mich auf den Knien links neben das Tier. Meine rechte Hand hat plötzlich zwei oder drei goldene Finger. Das Tier dreht sich mit dem Kopf zu meinen Goldfingern und betastet und beschnüffelt sie mit seiner goldenen Schnauze. Auf einmal entdecke ich ungefähr einen Meter links von mir eine etwa 40 Zentimeter hohe Anhäufung von graublauen, elefantenhautähnlichen, lederartigen, etwa einen Zentimeter dicken Platten von ungefähr 30 Zentimeter Durchmesser. In diesem Moment teilen sich zwei Platten vorne, es entsteht eine Öffnung, und heraus tritt ein zweites goldenes Tier. Ich weiß sofort, das ist das Männchen! Dieses Tier ist etwas höher gebaut, hasenartig, es hat längere Ohren und eine ähnliche Schnauze wie das erste Tier. Es kommt näher, beschnüffelt ebenfalls meine Goldfinger, wendet sich dann ab und verschwindet majestätisch in seiner „Höhle". Das erste Tier bleibt sitzen. Ich stehe auf und verlasse die Grube über eine Grassodentreppe.

Aus diesem Traum erwache ich mit starken Glücksgefühlen. Er hat mir bedeutet: Meine „physische Ebene" ist in guten Händen, innerlich bin ich bereit für die Operation. Am Tag bekomme ich Besuch von meinem Sohn. Sein Kommentar zu meinem Traum: „Weißt du, dass die Indianer Krafttiere kennen? Du hast heute Nacht deine Krafttiere getroffen!" Genau so habe ich es empfunden.

Am zweiten Tag wende ich mich mehr meiner Umgebung zu, den Schwestern und Pflegern und den Patienten um mich herum. Meine Bettnachbarin ist eine Patientin mit Multipler Sklerose, 35 Jahre alt, die seit dem Abitur auf den Rollstuhl angewiesen ist. Ich beobachte den ganzen Tag über, wie sie gepflegt wird: waschen, einreiben, umziehen, betten, und wie die Schwestern sie dabei in die Kommunikation einbeziehen. Gegen Abend, beim Betten dieser Patientin, sehe ich plötzlich einen rosafarbenen Schimmer, der das Zimmer über den Schwestern erfüllt. Von da an weiß ich: Hier bin auch ich gut aufgehoben.

Schwieriger ist es auf der fachlichen Seite. Hirnoperationen – das ist ja eine der Meisterklassen der Chirurgie. Ob die Spezialisten hier ihren Job wirklich gut machen? Sind es die Besten ihres Fachs? In den Gesprächen habe ich gemerkt, dass sich hinter den sensiblen Händen meistens auch ein sensibler Mensch verbirgt. Also wird es besser sein, vor der Operation nicht zu viele Fragen zu stellen und mich einfach anzuvertrauen.

In den Tagen vor dem Eingriff führe ich viele lange Gespräche mit G. Er kommt jeden Tag und schiebt mich im Rollstuhl durch den Park der Klinik. Reden – das ist jetzt wichtig, denn ich weiß nicht, ob ich nach der Operation noch werde sprechen können. Das ist bedrückend, aber ich weiß auch: Ich habe keine Wahl.

Doch alles geht gut. Ich erwache auf der Intensivstation und probiere als Erstes, ein paar Laute von mir zu gehen. Es klappt! Ich kann noch sprechen, wenngleich nach der Beatmung während der Operation nur mit sehr rauem Hals. Egal. Ein Glücksgefühl durchströmt mich und lässt alle anderen anstehenden Probleme klein erscheinen. Auch die totale rechtsseitige Lähmung. Nur den rechten großen Zeh kann ich bewegen – ein Hoffnungsschimmer!

Es folgen mühsame Tage: Essen mit der linken Hand, Zähne putzen im Bett sitzend mit links, auf den Klostuhl gesetzt und wieder heruntergehoben werden ... alles ist schwierig, anstrengend, und ständig bin ich auf fremde Hilfe angewiesen. Täglich kommt ein Krankengymnast, um meine rechte Körperseite zu trainieren. Am sechsten Tag nach der Operation dann der Durchbruch: Ich kann drei Finger der rechten Hand bewegen! Ein Wunder! Darauf haben wir alle gewartet – die Ärzte sind mindestens so glücklich wie ich selbst.

Bei den Visiten umsteht jedesmal ein Pulk mein Bett. Alle wollen diesen außergewöhnlichen Fall von „Wunderheilung" sehen – dabei geht es aber nicht um meinen Kopf, sondern um die Krebserkrankung überhaupt. Denn eigentlich hätte ich ja schon seit 1986 tot sein sollen – und nun, elf Jahre später, lebe ich immer noch! Über anthroposophische Medizin hat man an so einer Uni-Klinik natürlich auch noch kaum etwas gehört, und dass etwas dran ist an dieser „geheimnisumwitterten" Therapierichtung, geht auch in keinen Professoren- oder Studentenkopf. Nun haben sie ein lebendes Beispiel für die Möglichkeiten dieser Medizin. Und alle staunen!

Nach zehn Tagen werde ich in die Filderklinik zurückverlegt. Dort soll ich wieder ganz auf die Beine kommen. Meine Behinderungen machen mir noch zu schaffen, in allem bin ich hilfsbedürftig. Das belastet mich. Ich fühle mich unsicher, bin nicht Herrin der Lage. Aber: War ich das je in meinem Leben? Also stellt sich hier offenbar wieder eine Lernaufgabe. Ein Stück Ego geht zu Bruch. Ich darf Hilfe annehmen, muss nicht alles selber können. Ich darf und kann Vertrauen haben zu denen, die mir helfen, und ein Gefühl der Verbundenheit mit anderen Menschen durchflutet mich. Ein Glücksgefühl, das die Sorge um die nächste Zeit verwandelt in Hingabe an den Moment, in Geduld, in Wartenkönnen. Ich kann mich vertrauensvoll dem Hier und Jetzt überlassen.

Wieder wird mir klar, wie viel wir aus dem Kranksein lernen können. Es macht wach und bereit für das Erfühlen unseres eigentlichen Wesens und für die Welt, die nicht sichtbar ist. Ich möchte deshalb keinen Tag – auch nicht die schlimmen Tage – meiner Krebserkrankung missen!

Zurück in der Filderklinik habe ich wieder einmal einen seltsamen Traum: Mein Kopf ist von oben und unten in weißgelbes Licht eingepresst. Unter dem Druck von oben leuchtet es gelbrosa. Ich kann nicht feststellen, wer oder was drückt. Der Druck von oben und unten wird so stark, dass ich schreie, so laut ich kann. Ich selbst höre mein Schreien aber nur als leises Wimmern. Der Druck wird so unerträglich, dass ich zu hecheln beginne. Hechelnd erwache ich, aber seltsamerweise ohne Angst, ohne unangenehmes Gefühl. Es ist, als sei etwas aus unbewussten

Tiefen aufgestiegen, keine Phantasie, sondern etwas Erlebtes, das nun in bewusstere Ebenen gelangt ist.

Ich rufe eine Schwester, weil ich doch etwas überwältigt bin von diesen Eindrücken, und erzähle ihr alles. Sie meint, dass sie solche Träume von einer anderen Patientin kennt, die ebenfalls eine Kopfoperation hinter sich hat. Also das ist es! Ich habe damit vermutlich meine Operation durchlebt, da ist der Kopf ja tatsächlich in einer Art Schraubstock, damit er absolut still hält, während die Chirurgen am Gehirn operieren. Der Schädel wird geöffnet, das Gehirn freigelegt. Eine Gehirnoperation ist ein Eingriff in die nervliche Zentrale, eine wirklich tief greifende Aktion. In der Narkose spüren wir zwar keinen Schmerz, aber das Erlebte wird irgendwo im Unterbewusstsein gespeichert und verankert.

Eine schwierige Entscheidung

Nun steht die Entscheidung an, ob der Kopf nachbestrahlt werden soll. Es könnten ja noch weitere Hirnmetastasen vorhanden sein, die noch zu klein sind, um schon entdeckt zu werden. Innerhalb von zwei Wochen soll die Bestrahlung beginnen, hatten die Ärzte der Kopfklinik geraten. Aber ich bin unschlüssig: Muss das wirklich sein? Ich habe Angst, dass gesunde Hirnzellen unwiederbringlich geschädigt werden. Wenn ich Fähigkeiten verliere, die ich jetzt noch unbeschränkt habe? Wenn sich mein Wesen verändert? Dass das nicht geschieht, kann mir niemand garantieren. Die Technik ist noch nicht so weit, dass das völlig auszuschließen ist. Deshalb bin ich mir mit G. rasch einig: Nein, keine Bestrahlung. Trotzdem: So etwas soll man gut überdenken, den aktuellen Stand des Wissens überprüfen. Dr. G., der Nachfolger von Dr. Sch., sagt: „Ich bin jetzt für eine Woche im Urlaub, währenddessen können Sie in Ruhe nachdenken, und danach treffen wir gemeinsam eine Entscheidung." Also noch eine Galgenfrist.

Die Literaturrecherche ergibt kein klares Ergebnis. Es gibt keinen gesicherten Vorteil der Bestrahlungen. Das bestätigt mich in meiner Haltung. Aber ich behalte sie vorläufig für mich.

Dr. G. ist aus dem Urlaub zurück. Visite. Kein Wort von den Bestrahlungen. Nachmittags sagt eine der Schwestern: „Egal, wie Sie sich entscheiden, wir tragen die Folgen mit." Ob Dr. G. sie geschickt hat? Keine Ahnung. Ich bin nur verblüfft. Und fühle mich unendlich erleichtert. Darum geht es doch in jedem Arzt-Patienten-Verhältnis: Ist der Arzt bereit, die Entscheidung des Patienten mitzutragen, auch wenn sie ihm vielleicht nicht passt? Hat er die Größe, auf Vorwürfe zu verzichten, wenn es anders kommt als erhofft? Nicht Floskeln im Konjunktiv zu bemühen wie: „Wenn Sie das oder jenes gemacht hätten, wäre das oder jenes nicht passiert ..." Vielfach werden die Menschen doch von ihren Ärzten gerade dann allein gelassen, wenn sie bereit sind,

Verantwortung für sich zu übernehmen. Ärzte trauen sich oft nicht, diese Aufgabe als Begleiter wahrzunehmen, weil sie dabei immer mit einem Bein im Gefängnis stehen, denn anschließend könnte man ihnen ja vorhalten, sich als Fachmann nicht durchgesetzt zu haben. Juristisch trägt ja der Arzt die medizinische Verantwortung, es sei denn, er lässt sich vom Patienten schriftlich bestätigen, dass er ihn über alle Nachteile der Patienten-Entscheidung aufgeklärt habe. Schon allein dieses Procedere treibt einen Keil zwischen Arzt und Patient, spaltet das Vertrauen.

Für mich steht fest: Es ist besser, nicht zu bestrahlen. Andere mögen anders entscheiden. Aber hier geht es ja nur um mich. Trotzdem spreche ich mit Dr. G. noch einmal lange über Pro und Kontra. Er hört zu und respektiert meine Argumente. Sein Kommentar: „Sie haben jetzt elf Jahre Krankheitserfahrung, Sie spüren selbst am besten, was Sie brauchen, was Ihnen gut tut und was nicht." Dass er diese Intuition so einschätzt, rechne ich ihm hoch an!

Im Dezember 1997 bin ich wieder zu Hause. Ich muss dringend darüber nachdenken, was mit den Schatten auf der Lunge passieren soll. Denn von diesen Metastasen stammen die Zellen, die sich im Gehirn abgesiedelt haben. Wenn ich nicht will, dass das noch einmal passiert, müssen die Tumoren in der Lunge raus. Also noch eine Operation ... „Jetzt erholen Sie sich erst mal noch ein bisschen", hatte mir Dr. G. mit auf den Weg gegeben. Dennoch: Auch diese Entscheidung steht an, ich muss die Weichen stellen. Dieses Mal fällt es mir nicht so schwer: Ich willige in die Operation ein. Noch einmal eine Gehirnoperation will ich nicht riskieren. Dann lieber die Lunge reduzieren lassen.

Ich bekomme einen Termin in „meiner" Lungenklinik für den 9.2.1998. Bedingung: eine „saubere" allerneueste Kernspin-Aufnahme des Kopfes. Hirnmetastasen dürfen darauf nicht erkennbar sein. Das Warten auf den Befund ist eine innere Schiffsschaukel trotz allen Trostes durch G., trotz aller Widerstandskraft, die ich immer noch mobilisieren kann. Und dann die erlösenden Worte: Keine Metastasen zu sehen. Ich kann operiert werden.

Schon vor der Operation muss ich regelmäßig Atemgymnastik treiben, Atemübungen machen. Erst wenn ich meine Lungenkapazität voll einsetzen kann, darf der Eingriff stattfinden. Zweimal bestehe ich die Prüfung nicht, beim dritten Mal schaffe ich sie. Morgen bin ich dran! Von wegen – am nächsten Morgen ist eine Zahnplombe rausgefallen. Außerdem habe ich Fieber und Halsweh. Das bedeutet: warten. Eine notdürftige Einlage in den Zahn kann mir G. mit von unserem Zahnarzt geliehenen Instrumenten machen. Sie hält, bis ich wieder daheim bin.

Vor der Operation werde ich gegen meinen Willen in ein Einzelzimmer verlegt. Hier rutscht mir oft der Boden unter den Füßen weg: Ich habe Angst, kann mit keiner Bettnachbarin reden. Werde ich nach der Operation noch genügend Luft bekommen? Werde ich womöglich ständig Sauerstoff brauchen? Und: Ist das hier eigentlich alles noch sinnvoll? Habe ich nicht das Ende meines Weges erreicht? Ich habe Phasen massiven Zweifels. Aber dann lasse ich mich doch darauf ein. Offenbar soll es so sein.

Zum 23.2. stehe ich wieder auf dem Plan. Die Pusteprobe gelingt, am 23.2. werde ich operiert – es ist mein Geburtstag! Ein gutes Omen! Der linke obere Lungenlappen wird entfernt. Damit sind zwei Fünftel der Lunge weg. Aber mit den verbliebenen insgesamt 60 Prozent kann ich gut leben. Wenn ich mindestens ein halbes Jahr fleißig trainiere, kann ich wieder in ein erträgliches Gleichgewicht zwischen Sauerstoffverbrauch und -aufnahme kommen. Also: Fenster auf, zwischen körperlichen Aktivitäten Pausen machen und nicht verzagen.

Nach drei Wochen Klinikaufenthalt werde ich nach Hause entlassen. Nach der Operation habe ich wieder Schwierigkeiten, von den schmerzstillenden Mitteln wegzukommen. Aber es klappt –

schon nach kurzer Zeit brauche ich auch keinen zusätzlichen Sauerstoff mehr.

Bei der ersten ambulanten Kontrolle geht es mir erstaunlich gut. Der Chef meint: „Sie haben wohl einen Sondervertrag mit dem lieben Gott!" Ich antworte nur: „Nein, aber er offenbar mit mir!"

In der folgenden Zeit genieße ich, dass es mir zunehmend besser geht, und ich missbrauche die neuen wachsenden Kräfte nicht.

Zwischendurch ergibt sich eine leichte Schilddrüsenüberfunktion – eher ein positives Zeichen, denn Krebs „mag" es nicht, wenn die Schilddrüse aktiv ist. Mein zu schneller Herzrhythmus und mein leichter Bluthochdruck werden mit Betablockern gebremst. 1999 zeigt das Computertomogramm eine Auffälligkeit im operierten Lungenfeld links oben, die sich aber als harmlose Operationsfolge entpuppt.

„Sie sterben nicht *an* Krebs, sondern *mit* Ihrem Krebs", hat Dr. Sch. einmal gesagt. Ob er Recht behalten wird?

Die Lektion

Hier möchte ich nun die wichtigsten Lernprozesse, auch die, die im Text schon vorkamen, zusammenfassen und betrachten.

Lernen ist bei uns ein eher negativ besetzter Begriff. Was haben wir als Kinder und Jugendliche gejammert, dass wir lernen mussten! Es gab nur noch einen Wunsch: endlich fertig werden mit der Schule, damit die Lernerei ein Ende hat und das Leben beginnen kann. Später in der Berufsausbildung gibt es dann aber leider ja wieder einige Randgebiete, die überhaupt keinen Spaß machen und widerwillig mitgelernt werden. Auch da ist das Ziel klar: Examen machen, damit endlich Schluss ist mit Lernen und wir in den Beruf können, damit es aufhört mit der Ochserei. Weit gefehlt – Berufserfahrung zu bekommen, ist ein fortwährender Lernprozess! Fortbildungsveranstaltungen sind immer wieder nötig, täglich gibt es irgendetwas, was wir noch nicht wissen und dazulernen.

Dann kommt eine schwere Krankheit, Krebs zum Beispiel. Es beginnt ein völlig neuer Lebensabschnitt, der ganz besonders gekennzeichnet ist durch Lernen. Oder was ist das Eingewöhnen in einer Klinik anderes als Lernen? Die Auseinandersetzung mit dem Kranksein und dem Charakter der Krankheit? Der Unterschied zu anderen Lernvorgängen im Leben besteht dieses Mal darin, dass keine Diskussion möglich ist: Entweder ich bin bereit zu lernen, mich und mein Leben zu verändern, oder mein weiteres – mehr oder weniger kurzes oder langes – Leben ist recht trostlos.

Für mich war schnell klar: Ich muss aktiv mit dieser Situation umgehen, meinem Leben Sinn geben. Es galt, geschehen zu lassen, hellwach zu sehen, was ich hatte, konnte – noch. Mein Leitsatz „Ich gebe nicht auf" hat mich da gewissermaßen „zur Ordnung gerufen". Der sichere Boden unter den Füßen war weg. Ein neuer noch nicht da. Dennoch empfand ich so etwas wie

Neugier, wie alles weitergehen würde. Den Regenbogen hatte ich dabei innerlich vor Augen. Und jeden Regenbogen in der Natur begrüßte ich – und begrüße ich noch heute – als Helfer. Ärzte, Schwestern, mein Mann, Angehörige – alle standen mir unermüdlich bei.

Es war für mich wichtig zu lernen, dass ich auch über meine Sorgen, Probleme, Nöte und Ängsten sprechen darf, sprechen **muss**. Das hätte ich früher so intensiv nie getan.

Bei einer so schweren Krankheit will man aber oft nur eines: Da weitermachen, wo man gezwungen wurde, aufzuhören. Manchmal geht das vielleicht auch. Bei Krebs mit Sicherheit nicht. Ich habe sehr schnell und rein intuitiv gewusst: So wie bisher kann und darf es nicht weitergehen. Wenn mir überhaupt noch eine Zeitspanne Leben bleibt, dann muss ich es anders gestalten. Und damit begann ein Lernprozess von einer Intensität und einer zwingenden Notwendigkeit wie nie zuvor in meinem Leben.

Anfangs, nach der ersten Operation, ging es mir sehr schlecht. Ich lag, auch daheim, überwiegend im Bett und musste einfach zusehen, was um mich herum geschah. Ich konnte weder eingreifen noch mithelfen. Bisher hatte ich immer alles nach meinen Vorstellungen getan, nun wurde manches anders gemacht. Das war eine rigorose Umstellung. Aber ich wusste: Erstens kann ich es wirklich nicht selbst, und zweitens: Was ist so schlimm daran, dass es nicht nach meinem Kopf und meinen jahrelang eingeübten Gewohnheiten geht? Keine Gewohnheit ist unumstößlich. Irgendwie wurde mir dabei klar: Ärgere Dich nicht, sei dankbar, spare Deine Kraft für das Besserwerden der Befunde. Gönne Dir und Deinem Körper diese Ruhe, die Passivität.

Gleichzeitig tauchte erstmals die Frage auf: Wer bin ich überhaupt? Was ist der Sinn meines Tuns und Daseins? Was steckt dahinter? Woher komme ich? Wohin werde ich nach dem Sterben gehen?

Diese Fragen ließen und lassen sich nicht in Wochen beantworten oder besser: durcharbeiten. Am wichtigsten, am vordergründigsten schien mir zuerst die Frage zu sein: Wer bin ich eigentlich? In diesem Zustand nahm ich das Angebot jenes Arztes an, der sich zur Bearbeitung solcher Fragen angeboten hatte. Ich lernte nun mein bisheriges Leben zu betrachten, meine Erlebnisse der Kindheit, meine Beziehungen zu Mann, Eltern, Kindern und Angehörigen zu hinterfragen. Ein sehr brisantes Unternehmen. Fragen tauchten auf: Habe ich alles falsch gemacht? War da etwas Richtiges dabei? Bin ich „schuld" an meiner Erkrankung? Habe ich Selbstvertrauen? Angst vor dem Leben? Mut, die Gegebenheiten anzuschauen? Ich war für die mit dem Arzt geführten Gespräche sehr dankbar und kann jedem Kranken – und vielleicht auch manchem Gesunden? – nur raten, sich eventuell einem psychotherapeutischen Prozess zuzuwenden.

Eigentlich gibt es auf diese Fragen keine für alle Menschen gültige Antwort. Wir sind Menschen mit einer bestimmten archetypischen Grundausstattung, aber wenn wir denken, wie Lebensgeschichte, Charaktereigenschaften und vieles mehr uns zu individuellen, unverwechselbaren Menschen machen, wird klar, dass es kaum Patentrezepte zum Umgang mit den individuellen Schicksalsgegebenheiten gibt.

Ich bin sicher, dass Krankheit mit unserer Seele zu tun hat, auch wenn ein Teil der Ärzte das weit von sich weist. Es gilt ja in der Medizin größtenteils noch die „Pathogenese", d. h. die Entstehung von Krankheit durch die Einwirkung lästiger Bakterien, Viren oder Unglücksfälle. Und das ist dann das Leitmotiv für die Behandlung des kranken Menschen, und aus dieser Sicht weiß der Arzt allein wohl am besten, wie vorzugehen ist bei der Behandlung.

Inzwischen ist man zu einer neuen Betrachtungsweise gekommen: „Salutogenese", Entstehen von Gesundheit. Und da erweitert sich der Blickwinkel auf den therapeutischen Weg doch gewaltig. Der Arzt ist nicht mehr allein verantwortlich für die

Therapie. Der Patient arbeitet aktiv und vor allem bewusst mit an dem Gesundungsprozess. Er bekommt Mitverantwortung. Er ist nicht mehr nur der „Leidende", der der Fremdbestimmung „Ausgelieferte".

Das geht natürlich nur, wenn Arzt und Patient zur Zusammenarbeit bereit sind. Wir Menschen können durch aktive Mitarbeit die eigenen Selbstheilungskräfte aktivieren. Die Therapie muss zudem nach der individuellen Situation entwickelt werden. So bekam ich z. B. zusätzlich Heileurythmie verordnet, die ich dann daheim regelmäßig übte. Meistens entschied ich selbst, wann eine neue Begegnung mit der Therapeutin notwendig war. Außerdem führte ich die in der Klinik begonnene Maltherapie daheim weiter. Als es mir besser ging, besuchte ich anthroposophische Malkurse. Diese Therapieformen waren auch wesentliche unterstützende Faktoren in den drei Kuren, die ich machte. Das Musizieren griff ich baldmöglichst wieder auf. Durch konsequente Bewegungsübungen, die mir wichtig erschienen, kann ich auch nach der wochenlangen Lähmung des rechten Armes wieder den Bogen meines Streichinstrumentes führen. Ich pflegte – und pflege noch – die mit der Simontonmethode begonnenen Visualisationsübungen, die ich immer der Situation angepasst änderte und ändere. Mistelspritzen und andere notwendige Medikamente waren und sind nach wie vor selbstverständlich.

Seit einigen Jahren arbeite ich mit einer anthroposophischen Psychotherapeutin an so genannten „Seelenübungen", kombiniert mit Gesprächen über alles, was mich bewegt, bekümmert und eventuell bedrängt. Sie ist neben Ehemann, Arzt und Heileurhythmistin eine wichtige Ansprechpartnerin.

Der Mensch ist von Natur aus ein tätiges Wesen. Mitarbeiten zu können am Gesundungsprozess kann eine enorme Motivation werden, nicht nur in Angst zu verharren oder sich ausschließlich ins Positiv-Denken zu begeben, sondern die Empfehlungen eines aufgeschlossenen Arztes umzusetzen. Es gilt, sich beobachten zu lernen, dem Arzt berichten zu können und mit ihm sinnvolle Gespräche zu führen über den Krankheitsprozess. So sind Einsichten zu gewinnen in das Geschehen, dann ist Mitarbeit möglich.

Ich glaube, ich habe auch das von Anfang an intuitiv gemacht. Ich stellte bald fest, dass es sich dabei um einen manchmal schmerzhaften Lernprozess handelte, der mir sehr viel Einsicht, Verstehen, ja, zunehmend Freude brachte.

Es war nicht absehbar, wie es bei mir mit dem Krankheitsverlauf weitergehen würde, wie lange ich noch zu leben hätte. Welcher Gesunde weiß das überhaupt? Und diese Unsicherheit oder Unklarheit animierte mich doch sehr, zunehmend bewusst im Hier und Jetzt zu leben. Ich hatte ja von dem Regenbogen schon das deutliche Signal bekommen. Das bedeutete vor allem, nicht mehr in mein Lebens- und Gedankenzentrum zu stellen, was nicht mehr ging, sondern das, was ich noch konnte. Lesen, Radio hören, fernsehen, malen und musizieren. Ab und zu Besuch empfangen. Ich wollte allerdings nicht, dass man dann nur von der „schlimmen Situation", in der wir uns befanden, sprach, oder dass jemand mit ernstem Gesicht mich bemitleidete. Nein, das konnte ich nicht brauchen und das mussten die Menschen meiner Umgebung lernen. Ich wollte jedoch auch nicht seichte Unterhaltung, sondern einfach Normalität. Ich konnte bald problemlos meine Situation kurz schildern, jedem. Aber ich wollte mich dabei nicht im Kreise drehen.

„Mitleid" ist im wahrsten Sinn des Wortes eigentlich „mitleiden". Das kann doch fast nur jemand, der eine ähnlich schlimme Situation selbst erlebt oder erlebt hat. Im Grunde ist jemand, der mich „bemitleidet", doch nur froh, dass er nicht der Leidende ist. „Mitgefühl" verlangt Einfühlungsvermögen dessen, der Mitgefühl äußert.

Das Überdenken, was ich noch kann und noch habe, führte zu einem genaueren Betrachten dessen, was ich vom Leben wollte. Nach welchen Kriterien bezeichnete ich „wichtig" und „notwendig" oder „nicht wichtig" oder „nicht notwendig"? Was waren überhaupt wirklich meine innersten persönlichen Vorstellungen von „wichtig" und „unwichtig"? Oder orientierte ich mich in manchen Punkten an „Man muss doch", „Man will doch"? Ich lernte sehr bald, da genauer hinzusehen. Musste ich unbedingt da oder dort gewesen sein, nur weil „man" das gesehen haben musste? Was machte es schon, wenn ich da nicht war? An diesem oder jenem nicht teilnehmen konnte? Vielleicht sogar nicht teilnehmen wollte? Muss denn alles nach einer gesellschaftlichen Norm gehen? Nein. Es wurde mir sehr klar, dass für mich ein ganz anderer Wertemaßstab galt. Dieser war aber nicht durch Verzicht markiert, sondern ich konnte mich mit einem Gefühl der Erleichterung zunehmend zu diesem anderen Maßstab bekennen. Seither gilt er nicht nur, wenn es mir schlecht geht, sondern auch, wenn es mir besser oder gut geht.

Hilfreich war die Antwort meines Arztes, als ich fragte, ob ich nun, da es mir besser gehe, etwas mehr tun dürfe. Er sagte: „Sie können alles tun! Aber hören Sie auf, bevor es zu viel ist." Es hat viele Monate gedauert, bis ich wusste, bis ich gelernt hatte, wann ich mit einer Aktivität – z. B. Kochen – im richtigen Moment aufhören musste. Und es stellte sich heraus: Von dem Moment an, in dem ich zu meinem Tun keine Lust mehr habe, ist es zu viel. Was der Mensch nicht gerne tut, belastet seine Kraft, schwächt ihn, kostet Energie. Und diese Energie benötigt mein Körper dringend zu der Arbeit, die Krebszellen, die Metastasen zu beseitigen. Ich lernte, meine Planungen so zu machen, dass ich dieser Forderung nach rechtzeitigem Aufhören gerecht werden konnte und auch jetzt noch kann.

Manch einer mag beim Lesen dieser Zeilen denken: So möchte ich auch arbeiten können! Denn die Lust ist ja nicht zu allem Tun da! Das ist ein Gedanke, der meines Erachtens ganz tiefe Einblicke in unser derzeitiges Leben und Arbeiten in der westlichen Welt und in unsere Einstellung zu allem gibt. Was lässt sich da tun oder ändern, bevor wir krank werden und nachgeben müssen, weil uns vielleicht Krebs betroffen hat?

Es steht außer Frage, dass G. und mich immer wieder Stunden der tiefen Trauer über die Erkrankung erfassten. Wir lernten zunehmend, diese Trauer zuzulassen. Wir weinten, wenn es notwendig war. Und es war oft und immer wieder notwendig und hilfreich. Ich sehe das Weinen nicht als Ausdruck von Schwäche, sondern als hilfreiche Entspannung in der äußeren und inneren Auseinandersetzung mit Krankheit, mit Leben und Sterben. Es ist ja ein großer Verlust, der mich als Patientin – und meinen Partner – getroffen hat. Das bisherige Leben mit seinen Eigenständigkeiten ist in diesen Facetten mit der Diagnose „Krebs" zu Ende.

Wir zogen 9 Monate nach Krankheitsentdeckung um. Weg von einem Ort, wo ich gerne und intensiv gelebt hatte. Das belastete mich seelisch doch außerordentlich. Ich lag zu der Zeit stationär in der Klinik. Am Umzugstag – ich lag weinend im Bett – kam die ärztliche Visite. Mein Arzt frage mich: „Was ist denn los?" Ich sagte, dass ich mich zwar einerseits über den Umzug freue, aber ich sei todtraurig, dass die schöne Zeit in H. nun zu Ende sei. Die Antwort meines Arztes: „Jeder Tod gebiert etwas Neues." Dieser Satz ist total hilfreich. Er birgt so viel Lebensweisheit, dass ich ihn seitdem zu einer meiner wichtigsten Lebenshilfen erkoren habe. Aus diesem Satz habe ich schon unendlich viel gelernt. „Tod" ist ja nicht nur auf das Lebensende des Menschen zu beziehen. Ich kann jedes absolute Ende von etwas, von einer Zeit, einer Situation damit bezeichnen und vertrauensvoll sehen und bedenken, was danach kommt.

Wenn ich sage „vertrauensvoll", so meine ich eine sehr wichtige innere Haltung. Wer hat heute noch zu wem was für ein Vertrauen? Wie oft ist unser Vertrauen im Leben missbraucht, enttäuscht, zerstört worden. Vertrauen kann ich zu einem „Gegenüber" haben. Zu Menschen, dem Schicksal, zu Gott oder was auch immer in meinem Leben eine entsprechende Rolle spielt. Ich habe festgestellt, dass ich auch ein wenig Vertrauen zu dem entwickeln kann, was man „die innere Stimme" nennt. Vertrauen zu mir überhaupt! Ich bin ein erwachsener Mensch, der schon einiges umgetrieben hat in diesem Leben – da war doch nicht nur Falsches dabei!

Was ist überhaupt „falsch", wenn es um die Betrachtung der Vergangenheit geht? Es ist nun so, wie es ist. Betrachtungen mit „Hätte ich doch", „Besser wäre gewesen, wenn", alle diese Konjunktivgedanken sind Energiefresser. Ich sage sogar manchmal: „Konjunktiv ist tödlich."

Je mehr ich mein Inneres erforschen konnte, Einsichten gewann, je mehr gelang es mir auch, in mich hineinzuhorchen. Auch unser Körper gibt uns täglich Signale, genau wie die Seele. Ebenso fordert unsere geistige Seite ihr Recht. Dieses „Stimmenkonzert" können wir mit Geduld und ständigem aufmerksamen In-uns-Hineinhören erkennen lernen. Und dann gilt es, Konsequenzen daraus zu ziehen. Und das im Vertrauen darauf, dass wir damit unserem Körper eine echte Hilfe geben.

Dass auch Vertrauen zu meinem Arzt unabdingbar war, ebenso wie – selbstverständlich – zu meinem Mann, ist eine wichtige Voraussetzung geworden für die Akzeptanz und Durchführung jeglicher Therapie und jeder Übernahme eigener Mitverantwortung.

Ein ganz großes zu bearbeitendes Thema war und ist meine Angst. Sie hat im Prinzip auch mit mangelndem Vertrauen zu tun – Vertrauen in meine innere Kraft, die ich vielleicht nie voll ausbilden konnte? Es ist dies wohl ein sehr komplexes Problem, mit dem galt und gilt es umzugehen. Denn Angst ist nicht gerade gesundheitsfördernd. Es ist die Angst vor neuen Metastasen, die Angst vor Schmerzen, die Angst vor dem Sterbeprozess. Die Angst, meinem Mann oder meinen Kindern könnte etwas passieren. Ich habe festgestellt, dass ich besser mit eingetretenen Fakten unangenehmer Art umgehen kann als mit zukünftig eventuell eintreten könnenden Ereignissen.

Im ersteren Fall kann ich ja aktiv etwas unternehmen, im anderen Fall fühle ich mich ohnmächtig, wenn Fantasien mich überwältigen wollen. Es gilt da eben ein Vertrauen in das Leben und in das, was im unsichtbaren Bereich dahinter steht, zu entwickeln. Sowieso eine Lebensaufgabe. Nicht erst im Krankheitsfall.

Besondere Angst habe ich vor Schmerzen. Speziell vor Injektionen in meine miserablen Venen. Ich habe allerlei Methoden ausprobiert, mit dem Schmerz umzugehen, um nicht schon beim Gedanken an die Situation in Panik zu geraten. Manche Menschen können den Schmerz als einfach nicht existent „nicht beachten". Kann ich nicht. Man kann sich sozusagen neben den Schmerz stellen und ihm „zusehen". Kann ich auch nicht. Und es gibt die Möglichkeit, kompromisslos mitten in ihn hineinzugehen und diese Situation genau zu betrachten. Ich habe festgestellt, dass diese Art des Umgangs mit dem Schmerz schon im Vorfeld die Angst mildert. Auch das ein dauernder Lernprozess, da bei mir regelmäßig Blutkontrollen durchgeführt werden müssen. Diese Art, mit Angst umzugehen, klappt auch bei Zahnarztbesuchen! Insgesamt ist für den Umgang mit Angst wichtig und bewährt sich bei mir: Loslassen! Geschehen lassen! Auch das zu erlernen ist ein Prozess, der erst langsam eine Veränderung bringt.

Bei der Angst, dass z. B. meinem Mann etwas passiert, spielt die Angst vor einer Veränderung meines jetzigen Lebens wohl eine tragende Rolle. Wir Menschen haben alle meist Angst vor Veränderung. Im äußeren Leben wie im Gedankenbereich. Ansichten und Meinungen ändern – sehr mühsam. Lebensgewohnheiten ändern – ebenso mühsam. Denn sich an neue Lebensformen, neue Gedanken, unbekannte Gegebenheiten gewöhnen müssen, bedeutet zuerst einmal Verunsicherung. Andererseits: Wer hat nicht schon den Reiz des Neuen kennengelernt? Warum dann die Sorgen? Das Zögern? Gebiert doch jeder Tod – jedes Ende von etwas – etwas Neues!

Ich nehme eben einmal das Beispiel: Ein Kind zieht im Alter von 20 Jahren (oder sogar mehr) daheim aus. Für viele Mütter – und auch Väter – kann das eine Katastrophe sein. Dabei birgt doch diese Situation für Kinder und Eltern etwas spannendes Neues! Geschehen lassen und loslassen sind absolute Zauberwörter – nur muss ihr Gebrauch bewusst und dauernd geübt werden, gelernt werden. Ich spreche aus der Erfahrung seit 1986. Es lohnt sich, es beglückt und lässt Leid und Last leichter werden.

Manche Menschen sagen zu mir: Du kannst halt positiv denken, du kannst kämpfen. Ich glaube nicht, dass ich „positiv denke". Vielleicht habe ich irgendwo ein Hoffnungspotential, das mir Energie spendet. Es ist wohl das allmählich erworbene Wissen, dass es „in Ordnung" ist, so wie es ist, wie es sich entwickelt. Ich habe auch nie gegen die Krankheit „gekämpft"! Ich habe nie meinem Körper einen Vorwurf gemacht, was er mir da antut. Auch hier: Statt „kämpfen" besser „geschehen lassen" – nicht passiv, sondern „aktiv", das heißt, ich war immer hellwach bei allen Ereignissen dabei, um nicht überrollt zu werden. Meinen Körper bewundere ich, dass er immer wieder die Regenerationskräfte einsetzte und einsetzt. Ob es sich um einen Schnitt mit dem Küchenmesser in den Finger, um einen Schnupfen oder eine schwere Operation handelt – die Heilung ist für mich ein Wunder. Klar, es ist bei vielem die ärztliche zusätzliche Unterstützung notwendig und auch mein persönlicher Beitrag, dem Körper nicht unnötig zusätzliche Belastungen zuzumuten.

Religion

Als wir zwei Tage nach Bekanntwerden meiner Krebserkrankung in einem Abendmahlsgottesdienst Musik machten, wurde mir klar: Jetzt ist es höchste Zeit zu prüfen, wie ich zu Religion stehe. Denn spätestens jetzt muss sich bewähren, was irgendwann von irgendwem als Grund gelegt wurde. Jeder Mensch hat einen religiösen Kern in seinem innersten Wesen, das steht außer Frage. Aber in dieser Welt verlieren wir zunehmend den Zugang dazu. Vordergründiges, materialistisches Leben überdeckt diesen Kern umso mehr, je weniger wir ihn anerkennen, finden und wissen wollen.

Ich wollte und musste nun finden, was mich in dieser absoluten Lebenskrise tragen konnte. War da überhaupt etwas? Ich kann den Such- und Lernprozess, der damals einsetzte, nicht im Einzelnen schildern. Aber es geschah vieles.

Ungefähr 20 Jahre vor der Entdeckung meines Krebses hatte ich mich einige Jahre lang mit Meditation und den damit zusammenhängenden Notwendigkeiten und Fragen beschäftigt. Eigentlich sollte ich das nun im Krankheitsfall neu aufgegriffen haben. Aber irgendwie kam es nicht dazu. Man kann es Zufall nennen, dass ich 1990, kurz vor meiner Lungenblutung, einem geistigen Meister begegnete. Nach der ersten Lungenoperation besuchte ich durch Jahre seine Kurse der Selbstverwirklichung und Meditation. Seine geistige Lehre, Komaja, war genau in dem Moment in mein Leben gekommen, wo die Zeit dafür reif war, wo ich dafür reif war.

Die Beschäftigung mit Naturwissenschaft, mit Christentum und Anthroposophie hatte im Lauf des Lebens mein Weltbild geformt und zu einer tragfähigen Lebenseinstellung geführt. Komaja ergänzte und erweiterte dies alles und wurde völlig in mein Leben integriert, musste integriert werden. Die Komajameditation gehört zu meinem täglichen Leben. Auch besuche ich immer wieder Veranstaltungen meines geistigen Meisters.

Eine Abhängigkeit in irgendeiner Form wurde nie gefordert und trat nie ein.

Ich wünsche jedem Menschen, ob gesund oder krank, dass er einen Weg zu der religiösen, spirituellen und geistigen Seite seines Lebens sucht. Möge er auf diesem Weg Helfer finden. Vielleicht eine(n) spirituelle(n) Lehrer(in), eine(n) Pfarrer(in), die richtigen Bücher, die richtigen Kurse oder was auch immer. Es muss zu dem suchenden Menschen passen, es muss ihn in den schwierigsten Zeiten des Lebens tragen können. Und dieser Lernprozess ist der beglückendste, der manchmal anstrengendste, der vielleicht langsamste, den man sich vorstellen kann. Um mit dem Leben und den Sterbeprozessen zurechtkommen zu können, ja, um wirklich „leben" zu können, ist er aber wohl auch der wichtigste.

Mein Wunsch, Weg und Ziel ist es, im Einklang zu leben mit den göttlichen, kosmischen, geistigen Gegebenheiten.

Anhang

Ausschnitte aus Briefen an Freunde

Die nachfolgenden Briefausschnitte geben noch einmal einen Überblick über den Krankheitsablauf und über das, was jeweils im Zentrum des Interesses lag.

Mai 1987

Liebe Freunde,

eine Fülle unbeantworteter Post liegt vor mir, Umzug, Weihnachten, Geburtstag, Ostern und alles, was dazwischen ankam. Ich darf der ausführlichen „Informationsmöglichkeit" wegen zu diesem Weg eines „Lautgebens" greifen.

Wie es mir geht: Im Februar zwei schlimme Wochen, im März und April je einmal „Tiefschlag" durch Wetter oder sonst was. Seit Mitte April eindeutige Besserung, die bei der letzten Untersuchung auch eine Besserung im objektiven Bereich zeigte. Es besteht jedoch keine Diskussion darüber, dass ich damit noch nicht „über den Berg" bin. Aber die Lebensqualität und die Hoffnung sind wieder deutlich gewachsen.

Es kommt immer wieder die Frage nach meinem Tagesablauf und nach der Art, wie ich mit dem Alleinsein – wenn G. tagelang in H. ist – fertig werde.

Alles Tun geht langsam. 8.00 Uhr Aufstehen, Gymnastik etc., 9.15 Uhr Frühstück, 10.15 Uhr bis 11.30 Uhr Liegen, dann Malen oder Schreiben oder Garten, Essen mit allem Drum und Dran der Küche. Ca. 13.30 bis ca. 15.30 Uhr Bettruhe, 1 Stunde Spaziergang, Teetrinken, Lesen o. Ä., ca. 18.00 Uhr Essen, 19.00 Uhr Fernsehen – Abendschau –, dann irgendetwas bis ca. 21.00 Uhr: Musikmachen, Schreiben, Lesen, Fernsehen, wie es kommt. Dann

Bett. Autogenes Training immer am Beginn des Liegens (also 3 x täglich). Abends Heileurythmie, wie mir ein kleines Programm in der Klinik ausgearbeitet wurde. Jeden zweiten Tag Injektion (kann ich selbst machen), verschiedene homöopathische oder anthroposophische Präparate und zurzeit keine Infusion sind meine Therapie.

G. telefoniert täglich mit mir, wenn er nicht hier in F. ist. Ich nutze die Zeit seiner Abwesenheit, meinen persönlichen Lebensrhythmus zu finden und zu festigen, denn nur so wird mich dann sein Praxisbeginn am 01.07.1987 nicht mit Hektik bedrängen und erfüllen. Denn das ist Gift für mich im wahrsten Sinn des Wortes.

Die gute Luft hier, die Ruhe, die Landschaft, Medikamente und Zuspruch von meinem behandelnden Arzt der Filderklinik geben den Hintergrund zu meinem derzeitigen Leben.

Ein Kurantrag musste nun im Rahmen des Krankenkassenwesens gestellt werden. Ich rechne mit der Durchführung der Kur im Laufe des Sommers in einem Haus, wo in gleichem Sinn wie in der Filderklinik gearbeitet wird!

G. lebt im ewigen Hin und Her. Die restlichen Wochen werden für ihn psychisch leichter zu ertragen sein, da es mir besser geht. Insgesamt macht er eine strapaziöse Zeit durch.

Denkt weiter helfend an mich – an uns! ...

November 1987

Liebe Freunde,

mit größtem Interesse und Freude habe ich viel Post, die im Laufe des Sommers kam, gelesen. Berichte von Ägypten, Amerika, Südeuropa, Nordeuropa – Berichte über Reisen, Wohlergehen oder Nichtwohlergehen, Beruf, Kinder etc. etc.

Wenn ich hier nicht für jeden Einzelnen darauf eingehen kann, ich habe viel Zeit an alle zu denken, alle Ereignisse mitzuverfolgen, und sage zu meinem „großen, herzlichen Dank" den Wunsch, lasst mich weiter teilhaben an allem.

Ich berichte wieder auf „diese Art" von uns, damit jeder von uns erfährt und ich etwas ausführlicher auf alle gestellten Fragen eingehen kann.

Dass ich noch am Leben auf diesem merkwürdigen Globus teilnehmen darf, macht mich dankbar und glücklich. Wir, G. und ich, befinden uns in einer guten Phase, die wir bewusst erleben.

Seit Juli hat sich unser beider Leben wieder geändert. Nach turbulenten Wochen in Sachen Praxis, die G. sehr viel Nerven kosteten, aber auch Freude machten – ein Kinderwartezimmer einrichten ist etwas Schönes –, begann am 01.07.1987 der „Betrieb" in den ehemaligen Praxisräumen meines Vaters, nun nach 19 Jahren, mit Kinderlachen und -weinen.

Inzwischen ist es zwar noch ein Zuschussbetrieb, aber eine gute Entwicklung zeichnet sich ab. Da ich nicht mitarbeiten kann, haben wir zwei Halbtagskräfte.

G. genießt alles hier. Die Musik kommt wieder voll zu ihrem Recht und vom Umzug sind keine dramatischen Reste mehr zu bewältigen. Die ungute Witterung dieses Jahres kam G.s häuslichen Aufräumarbeiten sehr entgegen.

Von mir selbst gibt es Gutes zu berichten. Die Kontrollen im Juli und Oktober ergaben weiteres Kleinerwerden der Lungenmetastasen. Schwankende Blutwerte und andere kleine Probleme fallen da nicht ins Gewicht. Die Therapie ist seit März unverändert, weiterhin keine Infusionen. Ich fühle mich wesentlich besser, muss nicht mehr so viel liegen und kann mich auch freier bewegen, es tritt nicht mehr so rasch Atemlosigkeit oder Übelkeit auf.

Durch allerlei Umstände hat sich der Kurbeginn auf 17.11.1987 hinausgeschoben, sodass ich in der „schlechtesten" Zeit des Jahres dort umsorgt sein werde. Im nächsten Jahr werde ich dann Genaueres darüber berichten können.

G. wird sich selbst versorgen und sich wieder als hervorragender Hausmann bewähren, wie auch während meiner zwei Klinikaufenthalte.

Frühjahr 1988

Liebe Freunde,

(...)

Die Kur ist längst vorüber, und ich will kurz von ihr berichten.

Vorher bedauerten einige mich, dass ich in den „Kurtrubel" muss. Manche meinten, wie kommt man mit den Kurmitgenossen wohl klar. Und andere sahen teilnehmend mich inmitten von Krebsleuten, die nur die Krankheit im Zentrum des inneren und äußeren täglichen Lebens herausstreichen.

„Kurtrubel" gab es nicht. Ich war in einem 35–45-Patienten-Sanatorium. Es ist eine Einrichtung der Anthroposophen, die ca. 10 km südlich von P. einen großen Komplex von Waldorf-Schule (Internat + externe Schüler), biologisch-dynamischer Landwirtschaft und Gärtnerei, Altenheim und Pflegeabteilung und dann noch das Sanatorium haben. Alles räumlich voneinander getrennt, Wald, Wiesen und Felder dazwischen, eine herrliche Gegend.

Obwohl vorwiegend Krebspatienten im Nachsorge-Kurverfahren (fast ausschließlich von der BfA) da waren, war die individuelle Krankheit kein beherrschendes Gesprächsthema. Wichtiger war der Austausch der in der Therapie gemachten Erfahrungen, die Erzählung der Spaziergangerlebnisse oder, oder, oder.

Ein Teil des Kurgeschehens ist übergeordnet vielleicht so zu formulieren: Wir sollten mit dem Körper, der Krankheit, mit uns selbst – mit den Problemen überhaupt – umgehen lernen. Das klingt selbstverständlich. Ist aber doch so einfach nicht immer. Die künstlerischen Therapien stärken die geistigen Kräfte ohne Zweifel, Krankheit und Probleme rücken an einen anderen Platz. Ohne den Kontakt mit den „Realitäten" (was ist das eigentlich???) zu verlieren, geht man innerlich selbstverständlicher mit ihnen um.

Dezember 1989

Liebe Freunde,

ein sonniger November – wann gab es das schon einmal in diesem Ausmaß –, und das verbunden mit dem Sichtbarwerden von friedlichen Kräften, die „Eingefrorenes" und „Festzementiertes" in Bewegung brachten und bringen, und dazu überwältigend: Papst und Gorbatschow. Eine aufregende, hoffnungsvolle Zeit.

Für mich sind nun 3 ½ Jahre geschenkter Zeit ins Land gegangen. Ich bewege mich immer weiter weg von „Sitten und Gebräuchen des Alltags". Fast schaffe ich es nicht, „termingerecht" meine Post auf den Weg zu bringen. Ein ganz anderes Zeitempfinden, ein anderes Lebensgefühl hat sich bei mir entwickelt. Ich ahne kaum, wie ich früher zurechtkam mit den Alltagsnotwendigkeiten und dazu bewusst und intensiv zu leben – vielleicht tat ich es gar nicht so wie heute!

Das gesundheitliche Auf und Ab – oft mehr „Ab" – des zurückliegenden Jahres war geprägt von dem Erkennen: Keine Angst, keine Panik mehr, wenn es schlechter wurde oder beim Gedanken an zukünftiges Geschehen, nur Freude über die gute Lebensqualität in Relation zu meinen Befunden. G., Ärzte, Therapeutinnen und Therapeuten sowie Bücher begleiteten mich und sind die notwendige Hilfe rundum auf meinem äußeren und inneren Weg.

Dezember 1990

Liebe Freunde,

seltsam, fast alle Themen, die ich in diesem Brief anzuschneiden gedachte, schrumpfen bei genauer Überlegung punktförmig zusammen. Sei es Gorbatschow, Ost-West-Entwicklung, Irak, Waldsterben, Aggressivität, Kaufrausch, Weihnachten, es hat immer etwas mit „uns" zu tun, mit jedem Einzelnen, mit dessen innerem seelisch-geistigem Zustand.

Ich denke, das löst beim einzelnen Leser auch eine Flut von Gedanken, Meinungen und Feststellungen aus – wie ist das nun bei dem Wort „Weihnachten"? Wir wünschen heuer: „Besinnliche Weihnachten". Besinnen: Be-sinnen – Sinn geben und sich auf etwas besinnen. Finden wir dann vielleicht unter dem materialistischen, mit viel Flitterstaub belasteten Feiern wieder zu den Wurzeln des Festes? Möge es vielen gelingen!

Für uns ist es ein besonderes Weihnachten, da es mir wieder erstaunlich gut geht; ich lebe!

Am 11. April – es ging mir zu der Zeit körperlich schlecht –, fuhr ich zur Kur und bekam dort am 4. Mai eine schwere Lungenblutung. Am 22. Mai wurde ich in einer Lungenklinik operiert. Nachdem ich dann zur Nachbehandlung noch in der Filderklinik war, bin ich seit Mitte August zu Hause. Es war schon eine schlimme Situation. Aber in der liebevollen Pflege durch Schwestern und Pfleger, durch Gespräche mit „meinem" Arzt in der Filderklinik, durch die gekonnte, zielsichere Handlungsweise meines Operateurs in der Lungenklinik und nicht zuletzt durch die vorangegangene Kur mit dort ganz wichtigen Gesprächen mit den Ärzten und Therapeuten habe ich die ganze Zeit, nicht nur körperlich, mit großem Gewinn überstanden.

G. war „immer" da, ich weiß nicht, wie er das machen konnte!!

Nun musizieren wir wieder regelmäßig, ab und zu kommen Freunde dazu. Ich ruhe viel, gehe spazieren, male, mache Heileurythmie, G. kocht, macht Haushalt, Praxis (nicht zu viel, gerade ausreichend) und Musikunterricht (wenig). Wir hoffen, dass bei mir nichts nachwächst und die Lebermetastasen friedlich bleiben. Wir hoffen, dass G. gesund bleibt. Er achtet auf sich. Kaum zu fassen, wie das alles zu einem so guten Ausgang kam. Es ist ein Geschenk.

Wir wünschen Entwicklung und Pflege der eigenen inneren Kräfte in einer stillen Adventszeit und in einem guten „neuen Jahr"!

Advent 1991

Liebe Freunde,

Hand aufs Herz – was bedeutet jedem von uns in diesem Jahr die Advents- und Weihnachtszeit???

Chaotische Dinge ereignen sich in Völkern, Ländern, Städten, Dörfern, Häusern, Familien und auch in uns selbst. Doch wir wissen, dass auch im „Chaos", wie in allen Lebensäußerungen, Gesetze walten. Ich denke, wir könnten wachsamer werden auf allen Ebenen und in uns selbst beginnen zu beobachten, was **da** geschieht, welche Gesetzmäßigkeiten **da** Platz gegriffen haben. Beginnt es nicht schon bei der Gewalt gegen uns selbst, dass der Keim zum Unfrieden gelegt wird? Gewalt gegen unsere Gefühle, gegen unseren Körper, gegen unseren Geist ist schon gegeben, wenn wir „wegdrücken", „vernachlässigen", „überspielen" und nicht beachten, was mit uns geschieht, innerlich wie äußerlich.

Wir hatten ein gutes Jahr. Mir geht es besser, Lunge z. Zt. in Ordnung, Lebermetastasen friedlich. Meine Leistungsgrenzen sind sehr deutlich und relativ eng gezogen, eine weitere Lockerung der selbst auferlegten Beschränkungen zur Lebenserhaltung ist von Ende des Jahres auf „unbestimmt" verschoben. Ich bin zufrieden, kann ich doch wieder mehr in der Küche tun und Besuche bei den Eigenen und Fahrten zu Malkursen mit dem Zug machen.

Ich lebe!

G. ist überall im Haushalt weiterhin höchst aktiv.

Wintern wir uns nun ein mit Kerzen in der warmen Stube, mit einem Dach über dem Kopf, und nutzen wir diese Zeit.

Im Besinnen auf die eigene innere Situation wünschen wir, dass die Liebe zum Leben, zu den Geschöpfen, zum Planeten Erde, zu jedem in sich selbst erwacht und bewusst wird!

Advent 1992

Liebe Freunde,

(...)

Es ist wohl immer eine Frage des „Bejahens" einer neuen Situation, dass und wie ein Mensch mit ihr leben kann. Jedes Ende birgt ja auch den Beginn von etwas Neuem in sich – wer hat das noch nicht erfahren?

Mir ging es im Laufe des Jahres besser. Ich kann wieder mehr kochen und damit den Hausmann entlasten. Die Hitzeperioden des Sommers führten mich absolut an meine Grenze, und ich konnte mir manchen Aktivitätswunsch nicht erfüllen.

Zum Glück fielen alle Befundkontrollen im September und Oktober günstig aus. Die Lebermetastasen sind nicht gewachsen, die Lunge ist ebenfalls im Moment in Ordnung.

Interessant war es in diesem Jahr zu beobachten, wie verschieden die Menschen mit dem derzeitigen weltweiten Zerfall aller Strukturen umgehen. Hilflosigkeit, Angst, Aggressionen, Überlegenheitsgefühle und andere Regungen entstanden und entstehen in uns und vielen anderen Menschen und wirken weiter.

Und da setzen unsere Wünsche für alle für das Weihnachtsfest und das kommende Jahr an: Möge jeder suchen und finden, welche negativen Kräfte in ihm vorherrschen und warum es so ist.

Suchen und finden wir wieder Zugang zur Festzeit. Sie ist seit Jahrtausenden in unseren Breiten als Höhepunkt für Besinnung in uns und Neubeginn in Natur und in unserem Inneren gefeiert worden.

Suchen und finden wir wieder Zugang z. B. zum Wunder des Aufblühens einer einzelnen Blume, zu ihrem Verblühen, zum Glitzern eines Tautropfens, zum Lachen eines kleinen Kindes, zum Gefühl für Tag und Nacht, dann gelangen wir zu der Verbindung mit den geistigen Welten, zu dem, was hinter Allem und in Allem ist, wir gelangen zur Quelle des Lebens und nur da können wir Kraft schöpfen.

Es lohnt sich!

Advent 1993

Liebe Freunde,

es herrscht wohl kaum mehr ein Zweifel darüber, dass gewohnte Strukturen im Leben vieler einzelner Menschen, Familien, Völker und Länder zunehmend zerfallen. Unsicherheit und Ängste wollen uns bedrohen, aggressiv machen oder ermüden.

Ergreifen wir die Chance der Möglichkeit zur Besinnung, die uns in unseren Breiten durch den Wechsel der Jahreszeiten, durch das Sichzurückziehen der sichtbaren Lebenskräfte der Pflanzen, gegeben ist. Die Gesetze dieses dynamischen Ablaufs gelten auch für uns und sie ermöglichen in dieser Jahreszeit verstärkt die Beschäftigung mit den geistigen Kräften, die hinter allen äußeren Erscheinungen stehen.

Wir leben und wirken als ein Teil eines unermesslich großen kosmischen Geschehens. Dieses zu erkennen und zu verinnerlichen hilft, gelassener zu werden, hilft, sich selbst weniger egozentrisch und weniger „ausgeliefert" zu erleben.

Die Hausarbeit ist für G. etwas mehr geworden, da ich wieder zurückgesteckt habe. Im Lungenoperationsbereich von 1990 ist ein Lymphknoten am Wachsen. Seit Juli läuft die entsprechende Misteltherapie. Die Kontrolle im Oktober und mein Befinden signalisieren, wir haben wohl den richtigen Weg gewählt, das Wachstum hat sich verlangsamt. Die sieben Lebermetastasen zeigen sich unverändert.

Eigentlich ist es für mich selbst spannend zu beobachten, wie ich im Auf und Ab des Krankheitsverlaufs seit März 1986 reagiere. Ich lerne die Signale des Körpers besser beachten und verstehen, die seelischen Höhen und Tiefen sind nicht mehr so extrem, innere Ruhe und Annehmen der Situation gelingen leichter. Vor den Blicken „nach innen" graust mir nicht.

Das ist etwas, was ich allen wünsche, auch ohne Krankheit nach „innen" schauen, sich selbst zu erkennen und mit den inneren Problemen umgehen lernen, sich akzeptieren. Dann kommen wir der Möglichkeit näher, es zu leben:

Liebe deinen Nächsten **wie dich selbst!**

Übrigens: Das Leben findet **jetzt** statt!

Advent 1994

Liebe Freunde,

zum ersten Mal, seit wir 1986 im März bei mir die Krebserkrankung entdeckten, haben sowohl mein Internist als auch der Lungenfacharzt bei der halbjährlichen Untersuchung gesagt: Kontrolle erst in neun Monaten! Lymphknoten und Lebermetastasen sind nicht gewachsen, und ich fühle mich besser als vor einem Jahr. Ein klein wenig habe ich meine Tätigkeiten erweitert, weiche jedoch von meiner bewussten Lebensführung nicht ab. Neben der Misteltherapie tun mir Heileurythmie, Spaziergang, eine mir gemäße Gymnastik, Entspannungsübungen und Meditation – fünf- bis siebenmal in der Woche – einfach gut. Auch spielt die Musik nach wie vor ihre Rolle, und wir genießen besonders Treffen, bei denen wir Gambensextette spielen können. Für Malkurse gab es heuer keine Gelegenheit.

G. kommt gut zurecht mit der Zeiteinteilung im Ruhestand; es gilt ja zunehmend zu entscheiden: „Was passt überhaupt zu meinem jetzigen inneren und äußeren Leben?" Er ist ja nicht mehr der Gleiche, der den Beruf ausübte.

Der Mensch ändert sich ja ständig, auch wenn er sich dessen nicht immer bewusst ist.

Mich fasziniert in diesem Zusammenhang zurzeit die Spirale mit ihrem Symbolcharakter, eine Kreisbewegung führt bei ihr nie zum selben Punkt zurück. Auch wir sind heute, wo wieder die Adventszeit beginnt, sich alles zu wiederholen scheint, im Kreis zu laufen scheint, nicht mehr die Gleichen wie vor einem Jahr um diese Zeit.

Es gibt eigentlich weder Stillstand noch identische Wiederholung. Das Leben bringt immer Veränderung – Veränderung **ist** Leben. Wir begreifen das oft nicht. Nun haben wir die Chance, auch die besinnliche Zeit neu zu erleben, neu zu gestalten, bewusst Veränderungen wahrzunehmen, vielleicht auch selbst Veränderungen zu beginnen. Es ist zwischen den Extremen von Essgewohnheiten und Denkgewohnheiten so vieles festgefahren! Öffnen wir uns der Entdeckung: Veränderungen tun Not! Wir dürfen mit großem Vertrauen bei uns selbst beginnen. Nach einem missglückten Tag tröstet mich am nächsten Morgen die Chance, heute kann ich völlig neu beginnen, ich bin nicht mehr die Gleiche wie gestern.

Übrigens bleibt es dabei: Das Gestern ist vergangen, die Zukunft kommt so oder so, aber das Leben findet immer im **Jetzt** statt, immer und immer!

Advent 1995

Liebe Freunde,

ja, ich lebe noch. Vor 9 ½ Jahren war das nicht abzusehen, und ich **weiß** es, dass ich lebe. Aber jeder, der lebt, könnte es sich manchmal bewusst machen, was für ein Wunder es ist, zu leben. Unser Körper, der uns durch die uns gegebenen Jahre auf diesem Globus trägt, ist ein Wunder an sich. 7 Jahre dauert es, bis sich alle Knochenzellen erneuert haben, die Blutzellen leben nur Tage! In dieser zeitlichen Bandbreite spielen sich komplizierteste Vorgänge in uns ab, die komplex miteinander verbunden sind. Dieses lebendige System ist offen z. B. für die Verarbeitung zugeführter Nahrung dann, wenn es **uns** passt; ist offen für die Reaktion auf seelische Einflüsse, für Einflüsse aus dem Bereich des Denkens und aus der geistigen Sphäre. Wir gehen unbekümmert, sorglos und vor allem „selbstverständlich" mit diesem Körper um. Meist verzeiht er das.

Mit meinem Körper lebe ich zurzeit in einem nicht mehr so labilen Gleichgewicht. Die Ärzte sind mit einer Kontrolle der Befunde in einem Jahr einverstanden. Sie hoffen darauf, dass ich eine eventuelle Verschlechterung selbst erspüren werde. Die Lebermetastasen sind noch da, vielleicht eine Nuance kleiner, sicher nicht größer geworden. Der fragliche Lymphknoten ist nicht sicher einzuschätzen. Die Verhaltensspielregeln gelten weiter: Aufhören mit Aktivitäten, bevor es zu viel ist, spazieren gehen, Heileurythmie, Misteltherapie, ausreichend Ruhe, Meditation u. a.

Ein ganz besonderes und tiefes Erlebnis war die Teilnahme an einer Krebstagung in Dornach, wo mein Arzt der Filderklinik mit mir zusammen meine Geschichte präsentierte.

Das gemeinsame Musizieren gehört nach wie vor zu unserem Leben. Ich konnte in diesem Jahr an drei sehr sinnvollen Malkursen mit guten Anregungen teilnehmen, es war ein Genuss.

So sind wir völlig zufrieden mit unseren derzeitigen Möglichkeiten und nehmen sie bewusst wahr. Die zunehmenden politischen und anderen Probleme um uns bestätigen uns in unserem Bemühen, „vernünftig" zu leben und in unserem Inneren ein Gegengewicht zu setzen. Die negativen Strömungen lassen wir in uns nicht Fuß fassen. Das Leben ist zu wertvoll, behalten wir einen freien Kopf, freie Sinne und klare Gefühle, trotz Fernsehen, Radio, Lärm und unsicherer materieller Zukunft.

Nehmen wir die dunkle Adventszeit mit dem darauf folgenden Neubeginn – „Geburt", aufsteigendes Licht, auflebende Pflanzenwelt – wieder voll in unser Bewusstsein. Es ist ein rhythmisches und zyklisches Geschehen überall und in allem.

Verlieren wir nicht das innere Licht!

Advent 1996

Liebe Freunde,

in diesem Jahr feiern wir zwei Jubiläen: Ich habe nun die Entdeckung meines Krebses im März 1986 um mehr als 10 Jahre überlebt, und im Dezember sind wir 10 Jahre in F. wohnhaft. Dafür sind wir sehr dankbar und halten uns weiterhin wachsam an unsere Spielregeln für das Leben mit den körperlichen Mängeln und Problemen. Und wir dürfen sagen: Es geht uns gut.

Wir besuchen zusammen eine Meditationskursreihe, ich konnte wieder an einem Malkurs teilnehmen und im Haushalt mit aktiv sein.

Das Leben geht weiter, und wir alle sind von diesem dynamischen Prozess nicht ausgeschlossen.

Ich glaube, es ist in der heutigen Krisenzeit immer wieder „not-wendig", uns diesen dynamischen Prozess bewusst zu machen und uns als einen Teil der Natur zu erkennen. Auch wir gehören zur Welt und „Umwelt". Wir sind wie die Tier- und Pflanzenwelt eingebettet in die globalen und kosmischen Gesetze, eingebettet in die göttlichen Gesetze. Die „Krone der Schöpfung", der Mensch, vergisst das nicht nur manchmal, sondern oft, und er setzt seine geistigen Gaben zerstörerisch ein. Computer und Drogen z. B. sind an sich nicht böse, aber was wir damit treiben können und treiben, ist katastrophal.

Schlagwörter wie Kriminalität, Internetsurfen, Haushaltsdefizit, Regenwaldabholzung etc. etc. können beim Nachdenken für jeden Einzelnen von uns zum „Schlag-Wort" werden und rufen Ängste, Zweifel und Not hervor.

Was ist zu tun? Wir sehen die Möglichkeit, dass jeder Mensch bei sich selbst immer wieder zu forschen beginnt, wie er selbst lebt, denkt, was er „erwartet" – ein schwieriges Unterfangen. Nehmen wir doch nicht so gerne unsere Egoismen und die Haltung „Das geht mich nichts an" wahr. Und – Erwartungen bringen Enttäuschungen.

Nutzen wir jetzt die Advents- und Weihnachtszeit zum Hineinhorchen in uns, um zu erspüren, wo wir uns innerlich in unserem Verständnis von Natur und „dem Göttlichen allüberall" vorfinden. Daraus und nur daraus können wir erkennen, wie wir selbst uns zu allen entstehenden Problemen einstellen wollen und was wir zum Maßstab unserer kleinen und großen Handlungsentscheidungen nehmen. Die „Innere Stimme", eben das Göttliche in uns, wird uns dann Leitschnur sein. So kann eine Handlungsweise entstehen, hinter der wir voll stehen können.

Advent 1998

Liebe Freunde,

(...)

Mitteilungen über Sorgen, Krankheit und Trauer sind für uns keine Tabu-Themen, es sind doch unsere Themen als Menschen in dieser Welt. Politik-, Geld-, Wirtschafts-, globale Fragen, irgendwie und irgendwann kommen diese Themen zu jedem von uns.

Das Gesundheitswesen – teils „-unwesen" – beschäftigt uns natürlich besonders, da wir durch Krankenhauserlebnisse, Gespräche mit Schwestern, Ärzten, Mitpatienten, Praktikanten, Medizinstudenten u. a. Einblick in die laufenden Umstrukturierungsversuche bekommen. Ich bin sicher: Solange nicht der einzelne Mensch zum Umdenken bei sich selbst und zur Arbeit an sich selbst bereit ist und das auch wirklich tut – jetzt, sofort –, ist kaum eine effektive Lösung der vielen, vielen anstehenden Probleme möglich. In jedem von uns sind als Potential alle Stufen zwischen den Extremen „Liebe" und „Gewalt" angelegt. Sich selbst erforschen, erkennen, wo man innerlich steht und sich dann entsprechend ändern, bringt schon erste Impulse für die Lösung von Problemen im engen persönlichen Umkreis, mit Auswirkungen bis hinein in die Gesellschaft.

Mir geht es erstaunlich gut, ich habe gute Lebensqualität. Die überstandene Gehirnoperation liegt nun über ein Jahr zurück. Die einmal völlig gelähmte rechte Seite hat sich bis auf eine „heimliche Schwäche" und eine gewisse Ungeschicklichkeit normalisiert. Die Lungenoperation im Februar ging gut vorüber – sie war absolut kein Spaß –, mit $3/5$ Lunge zum Atmen habe ich für „normalen" Ruhebetrieb und leichtes Tun genügend Luft.

Der Lungenchirurg sagte bei der ersten Nachuntersuchung im April: „Sie müssen einen Sondervertrag mit dem lieben Gott haben!" Ich möchte den Satz umkehren: „Der liebe Gott scheint einen Sondervertrag mit mir zu haben." Die Gnade, dass ich weiterleben darf, ist für mich wohl auch verknüpft mit „Vertragsbedingungen". Ich denke z. B. daran, dass ich mit den wiedergewonnenen körperlichen Kräften sehr bewusst umzugehen habe und manches andere mehr.

Es ist ja einfach erstaunlich, wie im Zusammenspiel von ärztlicher und pflegerischer Kunst mein Körper sich regenerierte. Wie viel Hunderte von chemischen Abläufen passieren dauernd in ihm! Man müsste mehr als eine Fabrik bauen, um etwas davon in Andeutungen nachmachen zu können; und wir alle tragen diese Möglichkeiten dauernd auf kleinstem Raum mit uns! Wir beeinflussen die Abläufe in unserem Körper durch die Regungen von Seele und Geist – z. B. durch Freude, Trauer, Angst, Begeisterung. Ist das nicht ein unglaubliches Wunder? Ich finde, wir haben nicht gelernt, unseren Körper entsprechend wahrzunehmen, ihn ernst zu nehmen – und das nicht erst, wenn wir krank oder alt sind. Vielleicht können wir die besinnlichen Gedanken auch einmal diesem Wunder zuwenden. Es erleichtert auch die Tatsache zu akzeptieren, dass es im Lauf der Lebensjahre einfach zu Abnutzungs- und Ermüdungserscheinungen kommt.

G. hat sich von den Belastungen der akuten Situationen bei mir recht gut erholt. Er war in den schlimmen Wochen immer präsent, ob in der Kopfklinik, in der Lungenklinik oder in der Filderklinik, ob vor der Operation oder nach der Operation, einfach überall und zu jeder Zeit.

Den Problemen steht gegenüber, dass es uns gut geht, weil wir noch in Gemeinsamkeit und Übereinstimmung miteinander leben dürfen. Das ist absolut nicht selbstverständlich und erfüllt uns mit tiefer Dankbarkeit, und wir sind uns dessen in Freude bewusst.

Leben beinhaltet ja Veränderung. Das kann uns bei der Betrachtung des Jahreslaufes – des Lebenslaufes!!! – immer neu bewusst werden. Möge das in den nächsten Wochen und zum Jahreswechsel ein Thema sein, zusammen mit dem Weihnachtsgeschehen der Geburt des Kindes, mit dem dann beginnenden Wiedererwachen der Natur, mit dem astronomischen und dem kosmischen Geschehen dieser Zeit!

Advent 1999

Liebe Freunde,

manche, die diesen Brief bekommen, haben die totale Sonnenfinsternis erlebt, konnten vielleicht sogar die Sonnenkorona sehen. Uns war das der Wolken wegen nicht möglich, dennoch war es ein tief beeindruckendes Erlebnis. Wir sind ja so daran gewöhnt, dass die Sonne nach einem bekannten Zeitplan kommt, da ist und wieder geht. Und nun wurde es zur außergewöhnlichen Zeit völlig dunkel – die Selbstverständlichkeit war dahin. Eine gute Erfahrung, uns wieder ins Gedächtnis zu holen, in welch wunderbarer Ordnung, in welcher Vernetzung, Abhängigkeit der natürlichen Geschehnisse voneinander wir leben.

Nicht so einfach erfahrbar mit einem der gängigen fünf „normalen" Sinne ist die geistige Welt, präsent in Allem und über Allem. Wir sind ein Teil des Sichtbaren und des Unsichtbaren, total!!

Angesichts der Vorgänge, die der Mensch in Selbstherrlichkeit auf diesem Globus inszeniert – ohne Rücksicht auf die in der Schöpfung gegebenen Gesetzmäßigkeiten und Verwobenheiten – kann einem angst und bange werden. Manchmal entsteht da in uns eine Spannung, die das Innere zu zerreißen droht und in die Resignation lockt. Wir versuchen die Energie dieser Spannung zu nutzen. Wir versuchen die Gestaltung unseres Lebens vom Alltag bis in alle inneren seelischen und geistigen Bereiche zu ändern, uns innerlich frei zu machen von den schizophrenen Gegebenheiten der Globalisierung, dem Waffenverkauf an Länder, denen man andererseits Menschenrechtsverletzungen zum Vorwurf zu machen sich nicht entblödet, und von vielem anderen mehr. Dann ist „Leben" aktiv und offen wieder möglich.

Die Bedrohungen von außen verlieren ihre Macht über uns.

Und wir dürfen nach wie vor nicht vergessen: Das Leben findet **jetzt** statt!

Das gilt auch für das Leben mit Krankheit. Ich mache mich frei von der dauernden Angst vor ihr, vor ihrer Gewalt über meinen inneren Anteil, meinen Geist, meine Seele. Die Änderung meiner Einstellung lässt mich „leben" und wach „erleben". Das ist immer wieder eine neue Herausforderung und Aufgabe.

Bei mir staune ich, wie nach der gehabten Lähmung das Gambenspiel wieder klappt. Das alles ist beglückend.

Wir wünschen einen guten Übergang in das erste Jahr mit einer „2" vorne dran – es wird wohl der teuerste Jahreswechsel, den die Menschen je veranstalteten.

Advent 2000

Liebe Freunde,

schon in der Schule beeindruckte mich der Gedanke, dass ich vielleicht noch lebe, wenn ich beim Schreiben des täglichen Datums statt „neunzehnhundertsoundsoviel" „2000" schreiben werde. „2000" kam mir wie eine riesenhohe, mühsamst zu erklimmende Stufe vor. Die Stufe schien mir im Rahmen meiner Krebserkrankung dann vollends unüberwindbar. Erst in den letzten Tagen von 1999 war die Stufe verschwunden, und ich fand mich plötzlich im Jahr 2000 in einer immer seltsamer werdenden Welt wieder.

Umseitiges Bild ist für mich ein Sinnbild meiner inneren Situation, ausgelöst durch akute Themen auf unserem Globus. Im Bild sehe ich entweder den Kelch oder die Silhouetten der beiden

Gesichter. Ich muss aktiv meine Aufmerksamkeit auf das eine oder das andere lenken. Und so geht es mir täglich: Nahost, Terror, Krieg, Tretminen, Herrschaft der Konzerne, kriminelle Kinder etc. etc. sind die eine Sicht, die negative. Aktiv – und manchmal ist das sehr mühsam – muss ich mich dann einstellen auf die andere Sichtweise: das Erkennen der Aktivitäten von Menschen, die über den Materialismus hinaus noch und wieder das Andere sehen, tun und sagen, das Positive erkennen lassen.

Angesichts dieser gegensätzlichen Pole kommt die „Sinnfrage" und der Wunsch zu erkennen, „was die Welt im Innersten zusammenhält". Dazu muss ich primär in meinem eigenen inneren Leben diese Polarität positiv/negativ, gut/böse etc. erkennen. Es gilt dann die Kräfte der Destruktion innen und außen, der Selbsttäuschung, der Egoismen, der Machtgelüste, der Gier, des Neides und der Langeweile sowie der Überaktivität zu erkennen, aufzulösen und den Kräften der Liebe Platz zu schaffen. (Liebe deinen Nächsten wie „dich selbst".) Es gilt die Akzeptanz der Welt in ihren polaren Erscheinungsformen zu erringen und dann „Ja" dazu zu sagen.

Das zu erreichen führt letztendlich zu einer großen inneren Freiheit im täglichen Tun und in allen Entscheidungsfragen.

Für mich ist das Begreifen und jedes Erfahren eines Teilstückes dieser genannten Zusammenhänge ein „neu geboren werden", ein Licht in der Dunkelheit. Besonders jetzt in den kurz werdenden dunklen Tagen des ausgehenden Jahres, in der Advents- und Weihnachtszeit, können in der inneren Einkehr und Besinnung diese Einsichten aus der Tiefe aufsteigen. Da ist ja der Raum, wo wir unsere Verbindung in die Höhe haben, zu einem Göttlichen, Unnennbaren, Absoluten. Wo sonst können wir Kraft schöpfen, wenn nicht hier?

Die Luft reicht für gemächliches Tun, Infekte sind total unerwünscht. Die zwei Lebermetastasen sind nicht größer geworden. Ich beachte meine im Lauf der Jahre erlernten „Spielregeln", kann kochen, musizieren, malen, spazieren gehen und die 14 ½ Jahre geschenkten Daseins bewusst erleben. Wir wünschen, dass jeder Mensch seines Lebens bewusst sein kann – lebt im Grunde nicht jeder ein geschenktes Leben? Und ich glaube, wenn wir im Inneren lebendig bleiben, sind die zunehmenden Unannehmlichkeiten des Älterwerdens dann auch leichter zuzulassen.

Advent 2001

Liebe Freunde,

(...)

Keine Veränderungen vornehmen und erleben zu müssen ist wohl ein allgemein menschlicher Primärwunsch, aber eine Illusion. Ist nicht jede Veränderung zwar der „Tod des Bisherigen", aber auch ein Neuanfang mit allen Gestaltungschancen? Fast alle Menschen haben davor Angst. Im Gewohnten finden wir Geborgenheit, die wir ständig brauchen. Und ist die Geborgenheit nicht zu finden im Inneren, im Göttlichen, im Religiösen, im Transzendenten, im Geistigen, im Unsichtbaren, das hinter allem steht – jeder nennt es wohl anders – und eben nicht mehr in der zunehmend zerbrechlicher werdenden Normalität eines gewohnten Alltags?

Ist nicht alljährlich die Weihnachtszeit mit Advent und Festtagen dazu da, in uns das Licht wieder zu entfachen, es entfachen zu lassen, wahre Geborgenheit zu finden und Vertrauen zu entwickeln, die allem Bedrohlichen die Schärfe nehmen? Dann sind wir in der Lage, das „Jetzt" bewusst zu leben, zu gestalten, Gelassenheit zu entwickeln, echten Sinn im Leben zu finden, vielleicht sogar eine Führung zu erkennen!

Advent 2002

Liebe Freunde,

wir sind nach vielen Lebensjahren nicht mehr „wie früher". Weiser geworden, voll Erfahrungen können wir uns über vieles erheben, lassen es unter uns, verwandeln uns.

Nicht nur wir ändern uns. Um uns findet auch dauernd Veränderung statt. Wir beobachten das unter vielem anderem auch an der Sprache. Anglizismen, manchmal völlig unnötig, Sinnveränderungen vieler Wörter, Ungenauigkeiten im Ausdruck, Fehler in Zeitungen, Büchern etc., das ist teilweise schon erstaunlich, was da zu hören und zu lesen ist!

Und da habe ich entdeckt, wie ich auch da und dort „mitschwimme"! Mir fiel auf, dass ich oft zu jemandem sage: „Ich wünsche dir viel Spaß!", anstatt „viel Freude". Könnte es sein, dass „Spaß haben" und „Freude haben" etwas Grundverschiedenes sind? Kommt vielleicht der Spaß von außen und die Freude ist etwas, wobei ich innerlich aktiv bin, und es entsteht ein tieferes inneres Erleben? Macht mir der erste aufblühende Krokus im Frühjahr Spaß oder Freude? Wie ist das beim Treffen mit Freunden? Es lohnt sich, über die eine oder andere Redeweise nachzudenken.

Wir hatten bis jetzt ein gutes Jahr. Meine Kontrolluntersuchung ergab unverändert zwei Lebermetastasen. Ansonsten im Moment keine weiteren Metastasen. Und das passt zu meinem Befinden. Meine Spielregeln für die Lebensführung der letzten Jahre sind weiterhin voll gültig, die 60 % Lunge sind da täglich ein Erinnerer. Infekte können sehr mühsam sein, wenn sie mit Husten bei Bronchitis verbunden sind. Die Hustenstoßkraft ist eben mit 60 % Lunge anders als mit 100 % Lunge.

Regelmäßig mache ich daher außer Spaziergang, Gymnastik, Heileurythmie und Meditation auch Atemübungen, was sich sehr bewährt. Die Krebstherapie geht, angepasst an die jeweilige

Gesamtsituation, kontinuierlich weiter. Die Wetterkapriolen machen mir mitunter sehr zu schaffen, aber ich kann sagen, es geht mir gut. Ich bin mir dessen dankbar bewusst.

„Rentner haben keine Zeit" stimmt schon. Es geht eben alles zunehmend langsamer, dauert länger. Und es muss ja auch nicht alles mehr sein wie früher. Malen und Musizieren machen weiterhin Freude. Die Häufigkeit passt sich dem Altsein an. Ich empfinde, dass man mit über 70 „alt" ist. Was ist „alt sein" überhaupt? Was ist „älter werden"? Ein gutes Thema, um sich in der stillen Jahreszeit darüber Gedanken zu machen.

Wir wünschen Tage und Wochen der Besinnung, der inneren Lebendigkeit, gute Festtage und ein gutes 2003 in dem steten Bewusstsein:

Das Leben findet **jetzt** statt!

Advent 2003

Liebe Freunde,

(...)

Neulich stellte mir jemand die Frage: „Hat Ihnen der Krebs mehr genommen als gegeben?" Eine sehr direkte Frage. Was konnte ich darauf antworten?

Ein einfaches „Nein" – das reicht nicht. Ich konnte mein bis zur Entdeckung des Krebses gültiges Leben absolut nicht fortsetzen. Hier passt die Aussage meines damals mich behandelnden Internisten der Filderklinik: „Jeder Tod gebiert etwas Neues." Im Rückblick kann ich sagen: „So ist es in der Tat!"

Es begann eine völlig neue Form meines Lebens. Ebenso Freud und Leid beinhaltend, wie es zuvor war. Jedoch mit einem wesentlichen Unterschied: Ich war mir dessen bewusst! Gegen das Leid wehrte ich mich nicht, Freude bekam ein neues Gewicht. Ich wollte die neue Lebensform bewusst entwickeln und leben.

Der Krebs hat mir also mehr gegeben als genommen. Es ist ja nicht nur Krankheit, die uns eventuell zwingt zum Innehalten, die neue Situation aufzugreifen und das Leben neu zu gestalten. Es spielt sich z. B. der gleiche Prozess beim Altwerden ab. Irgendwann geht etwas zunehmend nicht mehr, Verzicht ist angesagt, vielleicht sogar Ortswechsel. Altwerden erscheint manchen Menschen „schrecklich", ich glaube nicht, dass es bei dieser Empfindung bleiben muss. Ich erlebe es als Herausforderung an alle meine noch vorhandenen Kräfte. Und da vor allem an die inneren Kräfte! Die Frage nach „woher komme ich", „wer bin ich", „wohin gehe ich" – spätestens jetzt muss ich mich doch eigentlich mit diesen Fragen beschäftigen. Und zwar so, dass die Antwort für mich persönlich Gültigkeit hat, dass sie meinem weiteren Leben einen tragfähigen Untergrund geben kann.

Wenn ich mich als Teil des großen kosmischen und geistigen Geschehens in der Welt verstehen und erleben kann, verschwindet die Gleichgültigkeit („Es ist ja alles witzlos"); es schwindet die Angst („Was kommt bloß noch alles auf mich zu); es schwindet das Gefühl der Sinnlosigkeit („und am Ende ist ja doch alles aus"). Wir können nicht alles ergründen. Wir dürfen jedoch Vertrauen haben in eine geistige Kraft, eine Intelligenz, einen Gott – wie auch immer es jeder für sich sieht –, die dem unvorstellbaren Wunder des Weltalls, unseres Körpers, unserer Seele und unseres Geistes zugrunde liegt und damit auch meinem gesamten Leben.

Advent 2004

Liebe Freunde!

„Ich habe keine Zeit!"– „Die Zeit vergeht so schnell!" – „Das kostet mich zu viel Zeit!" – Ich könnte die ganze Seite mit solchen Aussagen füllen! Was ist Zeit?

Drei Wochen war ich zur Kur in Schloss Hamborn bei Paderborn (eine anthroposophische Einrichtung). Und dann noch eine

Woche mit G. da, wo D. bei Berlin lebt – die Zeit flog nur so dahin. Es war eine schöne Zeit, eine wichtige Zeit, eine gute Zeit.

Was ist Zeit? Eine Eintagsfliege lebt einen Tag, das ist ihr ganzes Leben, ihre komplette Lebenszeit! Stirbt ein Kind mit drei Jahren, war das seine komplette Lebenszeit. Manch ein Mensch hat eine Lebenszeit von 101 Jahren: auch ein vollständiges Leben.

Was ist Zeit? Philosophen, Biologen und Physiker z. B. machen sich darüber gleichermaßen Gedanken. Jedoch gibt es nicht nur „Zeit", die wir mit der Uhr messen – das ist die Quantität der Zeit. Es gibt auch eine Qualität der Zeit, für die wir heute kein Wort und meist auch keine bewusste Empfindung mehr haben. Zum Beispiel „eine schöne Zeit, eine gute Zeit, eine wichtige Zeit". Frühere Kulturen, wie beispielsweise die Griechen, benutzten verschiedene Worte für diese beiden Aspekte der Zeit. Chronos – die Quantität der Zeit, Kairos ihre Qualität.

Könnten wir nicht wieder mehr auf die Qualität der Zeit achten und damit jeden Augenblick der Gegenwart bewusster wahrnehmen?

Heute ist schönes Wetter – aber wir sagen: „Morgen soll es schon wieder regnen." Heute läuft unser Tag in gutem Gleichmaß – wir sagen: „Die nächste Woche wird schlimm, da ist so viel zu tun, ist so viel los." Im Grunde weiß es jeder, dass wir uns damit nichts Gutes tun, denn im Hier und Jetzt leben bringt Energie. Ja – und wenn das „Jetzt" belastend ist? Wenn Operation, Krankheit, Tod, Ärger da sind? Dann könnten wir die in guten Zeiten gesammelte Energie wirklich gut gebrauchen. Wir haben sie jedoch mit Ängsten vor der Zukunft – einer meist ungewissen – vergeudet.

Ich glaube übrigens, dass Motorenlärm, TV, Reklame, Internetsurfen, PC-Spiele, gespürter oder nicht gespürter Elektrosmog uns mehr beeinträchtigen, als man uns weismacht. Ich bin sicher, dass diese Reizüberflutung sehr viel zu tun hat mit einem „gestörten" Zeitempfinden. Es gibt junge Leute, die mir sagen:

„Die Zeit rast!" In diesem jungen Alter kannte ich dieses Gefühl absolut nicht.

Wir wünschen nun, dass alle die Weihnachtszeit und die Festtage nicht nur mit der Uhr, dem Chronometer, abspulen müssen, sondern auch etwas von der Qualität dieser Zeit erleben, wahrnehmen. Die dunkelste Zeit des Jahres lässt uns nach innen gehen und dort mehr finden als nur „schnell, schnell, schnell"! Jeder gelange dabei an das für ihn Wichtige und Richtige!

Wir selbst leben möglichst bewusst und dankbar, es geht uns gut!

Von Herzen alles Gute wünschen wir

R. und G. Pillat

Reise in ein Zentrum besonderer Art
im Oktober 1995

Es gab nicht nur dramatische Dinge. Es gab auch „normale" Kommunikation, Erlebnisse und Gedanken. Hier folgt beispielhaft ein Reisebericht.

Eines Tages fragte mich mein Arzt, ob ich bereit sei, bei einer Krebstagung mich und meine Geschichte vorstellen zu lassen. Ich stimmte zu. Im Oktober 1995 war es dann so weit.

Den nun folgenden Text schrieb ich damals sofort nach meiner Rückkehr und habe ihn in seiner Ausführlichkeit übernommen. Es ist erstaunlich, wie tausend Kleinigkeiten jetzt in meinem Leben eine viel größere Rolle spielen als früher.

Das übliche Vorspiel fand statt: Was ziehe ich an, was nehme ich für eine Tasche, was für ein Behältnis für welchen Kleinkram? Zum Glück war ich zwei Tage vor der Abreise ohne meinen Mann, d. h., ich bekam auf die obigen Fragen, sofern ich sie laut stellte, überhaupt keine Antwort, auch nicht die gewohnte: „Das musst du selbst wissen." Und letztendlich hatte ich dann nur einen Pulli und Kleinkram für den Fall des vorzeitigen Wintereinbruchs zu viel mit.

Ohne Chauffeur musste ich mich dem öffentlichen Busverkehr anvertrauen. Blasser Fahrer – hatte er den Wochenlohn am Abend vorher in Alkohol umgesetzt, hatte er Krach mit seiner Angebeteten oder gar Frau, oder ist er einfach nur ein blasser Typ? – Er fuhr uns, drei schweigende Menschen, die den riesigen Bus nicht füllen konnten, gut zum Bahnhof M. Daselbst bewunderte ich den verlotterten Zustand des ganzen Bahnhofsgeländes, wissend, dass der Bahnhof verlegt werden wird; Erinnerungen an meine Fahrten im Krieg von diesem Bahnsteig aus nach H. zur Klavierstunde. Immer samstags, alle 14 Tage, 1–1 ½ Stunden Fahrt damals für eine Strecke, bis es die Bomben verhinderten.

Ich wurde trotzdem nie eine Pianistin – mit 10 Fingern auf einmal agieren war mir immer zu kompliziert.

Wegen des Samstag-Billig-Tickets war der Zug bis M. übervoll. Mir gegenüber saß eine Frau mit einem bandagierten und geschienten Mittelfinger. Nun ja. Das Kind las Comics, die Mutter war mit sich beschäftigt, und ich genoss den Anblick der Wolkenbänke, die über dem gesamten Flusstal lagerten, in dem wir fuhren, und die einen spannenden Kampf mit der Sonne führten.

Der Übergang in M. in meinen IC Richtung Basel war problemlos. Auf dem reservierten Platz angekommen, fand ich zu meiner Rechten ein Ehepaar: Dick, Hochdrucksituation zeigend, zum Teil sich unterhaltend über irgendwelche Dinge, die sie selbst nicht direkt betrafen. Links ein Ehepaar: Peinlich, peinlich, und „Er" hatte einen bandagierten und geschienten rechten Mittelfinger – seltsam –, und die große dünne Ehefrau kommentierte jede seiner Bewegungen und seiner Mimik. Schlimm. Das „bunte" Wetter war eine Entschädigung. Sonne, Wolken, Nebel, Gewitter, Sonne, herrlich.

In Basel verstaute ich dann zuerst einmal mein Gepäck in einem Schließfach, kaufte eine Trambahnkarte und begab mich zur Innenstadt. Ich habe diese längst nicht erforscht, sah vieles, was „man gesehen haben muss", nicht, hatte dafür Schwerpunkte, die sich lohnten. Pizzaessen – sinnlos teuer – mit Bedienung durch Kellner, die weiße Hemden, schwarze Hosen und wunderschöne bunte Hosenträger trugen. Das sah lustig aus.

Dann landete ich in einer Kirche – „Barfüßerkirche" –, die als Museum eine unvorstellbare Pracht zeigt und mir so recht zum Bewusstsein brachte, wie ehrlich diese Kirche als „Museum" wirkt.

Vollständig eingerichtete Bürgerzimmer (natürlich von Wohlhabenden, z. B. Bürgermeister), Zunftschätze (z. B. die Zunftkronen, wie von Königen, unwahrscheinlich prachtvoll). Herrliche Wandteppiche, welche heute mit elektrisch zu bedienenden

Rollos vor Lichteinfall geschützt sind. Mein Gott, wer das alles unter welchen Verhältnissen gestickt oder gewirkt haben mag? Wandteppiche noch und noch. Sehr eindrucksvoll: einige Bruchstücke des berühmten Basler Totentanzes. Als diese bemalte Friedhofsmauer seinerzeit in einer Nacht- und Nebelaktion abgebrochen wurde – konnte man es nicht ertragen, dass der Bürger sah, dass auch die höhergestellten Menschen und die Kirchengewaltigen dereinst werden sterben müssen? –, haben beherzte Bürger noch einige Brocken gerettet. Diese kann man nun da sehen und bewundern. In der Tat bewundern, sie sind es wert.

Inzwischen waren draußen zwei Gewitter heruntergegangen, und ich machte mich auf den Weg, eine Anhöhe zu erklimmen. Eine Schule, eine Kirche – evangelisch –, passte in nichts zu dem alten Gemäuer und der Architektur darum herum. Daneben eine Hofeinfahrt mit Schranke: „Keine Einfahrt". Ich fragte den Cerberus: „Kann ich aber wenigstens hineingehen?"

„Nein."

„Ist das staatliches Gelände?"

„Ja."

„Was für eines?"

„Das Gefängnis!"

„Da will ich weder zu Fuß noch mit dem Auto hinein!"

Grinsen!

Bergab ging es durch kleine Gässchen, Zickzack, schön. Ein Schaufenster mit „alternativem" Schmuck tat es mir an. Mein Blick fiel natürlich auch ganz nach innen.

An der Theke standen eine Frau und ein Mann: Er hatte den rechten Mittelfinger bandagiert und geschient! Das musste ich ihm dann doch erzählen, dass er in meiner Sammlung nun innerhalb weniger Stunden der Dritte sei. – Mir ist bis heute nicht die Deutung dieser Häufung gelungen. Das Paket eines Büchsenmachers sei ihm auf den Finger gefallen: „Diese Dinge sind ja immer schwer, aber wenn der Krieg so stattfindet, geht es ja noch."

Warum er so ein Paket bekam, fragte ich nicht, das fiel mir erst sehr viel später ein. Darauf passte nur noch ein (koffeinfreier) Kaffee, halb auf der Straße, umgeben von lächelnden Menschen. Ich hatte überhaupt den Eindruck, dass die Schweizer immer irgendwie lächeln.

Auch wenn man ihnen ansieht, dass sie im Moment gar nicht glücklich sind – oder dem, dem sie eben begegnet sind, lieber den Hals umdrehen würden. Wirklich, eine seltsame Art zu lächeln.

Nun zurück zum Bahnhof, Gepäck holen, Taxi anheuern: „Zur Lukasklinik in Arlesheim."

Ohne dass ich merkte, wie es kam, blieb nun die so genannte normale Welt plötzlich hinter mir.

Ich hatte das Gefühl, mich in eine durchsichtige, weit umfassende und dabei doch prall gefüllte Atmosphäre zu begeben. Ich hatte das Gefühl, ein nie gesehenes Land zu betreten, das mir doch völlig vertraut vorkam. Seltsam. Ich hatte mir vorgenommen, völlig offen und ohne Erwartungen an die nächsten Stunden und Tage heranzugehen, frei von den allgemein üblichen Vorurteilen gegen die Anthroposophie und ihre „Träger", frei von „pseudoheiligen Gefühlen" für einen toten Menschen, der mir in seiner Genialität und Geistigkeit nicht nur imponiert, sondern von dem ich auch lerne. Immer wieder.

Und so kam ich also in der Lukasklinik, der reinen Tumorklinik mit 45 Betten, an. Primär hatte ich nicht den Eindruck, „an" – und dann auch nicht „in" – eine Klinik zu kommen. Freundlich, ruhig, friedlich war es da, nicht nur weil Samstagnachmittag war, es war auch am Montag und am Dienstag so. An der Pforte wurden mir Schlüssel und Gebrauchsanweisung für mein Zimmer im Merkurhaus – sozusagen um die Ecke – und eine schriftliche Begrüßung mit Einladung für die Tagung und den Aufenthalt samt Essen und mit Eintrittskarte zum Kongress überreicht. Das war wie ein warmes Bad. Ich bekam einen Ortsplan der Gemeinden Arlesheim und Dornach, erfuhr, dass man zu Fuß zum Goetheanum könne, und bekam einen Plan zur Einsicht, auf dem die Abfahrten eines hauseigenen Busses zu Tagungsveranstaltungen und zurück von diesen notiert waren. Es sollte also wirklich alles im vielgerühmten, von vielen mit schlechtesten Noten versehenen Bau „Goetheanum" stattfinden. In mir geschah eine Art Fundamentbildung. Auf einem guten Sockel lässt sich allerlei aufbauen, auftürmen – ich fühlte mich bereit, in das Geschehen einzutauchen.

Zimmer aufsuchen, auspacken, ein wenig das Bett liegend prüfen, und dann zum Abendessen lustwandeln, das war ein guter Start. Und dann kam die erste Begegnung mit einem Kongressteilnehmer: Dr. P., von der Kur bestens bekannt, hatte er doch das „Vergnügen" gehabt, mir die erste Behandlung bei meiner Lungenblutung zu geben. „Was machen Sie denn hier?!" Blass wie eh und je, war er sichtlich irritiert, mich zu sehen. Wir kamen an einem anderen Tag dann gut ins Gespräch: Ich hätte mich sehr, sehr verändert und sehe viel jünger aus. In H. gehe alles sehr gut, nur der Begründer des Sanatoriums sei verstorben, vor ein paar Tagen.

Das Essen fand in einem wunderschönen, großen, hellen, „typisch anthroposophischen" Essraum statt. Ja, was ist denn „typisch"? Die gepflegte Art, den Tisch zu decken, das Geschirr (normal), die Blumen, der Blick aus den Fenstern in den parkähnlichen Garten, die zarten Farben der Wände – nun, vielleicht sind es die Plastiken aus Marmor?, die vegetative Urformen darstellen und überaus dekorativ und ansprechend, ja überzeugend sind. Ich fühlte mich wohl. Da noch keine Kongressteilnehmer zum Essen da waren, saß ich bei Patienten am Tisch. Ob ich neu sei? Nein, ich sei nur Gast. Ich hatte mir fest vorgenommen, keinem Menschen zu sagen, warum ich hier sei, bevor nicht meine offizielle Vorstellung am Montag durch Dr. Sch. erfolgt sein würde. Es war ein köstliches Spiel für mich, einmal zu prüfen, wie oft ich mich zurücknehmen musste, um nicht doch „auszuplaudern" und zu beobachten, was man mit meiner Äußerung, „Gast zu sein", anfängt. Ein Kollege bohrte. Er wollte wissen, wo ich wohne.

Merkurhaus!

Da wohnen eigentlich nur Mitarbeiter. (Laut Eintrittskarte war ich Mitarbeiter.)

So, durch einen Freund sei ich da.

Aha, der nehme auch am Kongress teil.

Immerhin war er es, der mir den kürzesten Fußweg nach Dornach zeigte. Er kam aus Wien und mein Name war ihm von der Uni geläufig – meines Mannes Onkel ist da ein hochdekorierter Ordinarius gewesen.

Die Nacht war, wie die vorhergegangenen daheim, nicht mit tiefstem Schlaf gesegnet. Ich hatte mich doch sehr in all die Erlebnisse der letzten 9 ½ Jahre hineinversetzt – ich kann fast sagen „hineinversenkt" –, und davon galt es ja demnächst etwas auf einer noch unbekannten Bühne vor unbekanntem Publikum zu sagen, zu erzählen, vielleicht sogar etwas „rüberzubringen". Wie viele Leute würden da sein? Was für welche? Ob ich wie früher bei Musikauftritten ein unsägliches Lampenfieber bekäme, dann, wenn es wirklich losgehen würde? Eigentlich beobachtete ich das in mir mit großem Interesse – fast ein wenig distanziert. Ja, was für Leute würden zuhören? Beim Frühstück saßen da einige sympathische ältere – vielleicht sogar „alte" – Herren – Anzug, Krawatte, gepflegt. Ärzte aus Holland. Abwarten. Erst einmal wollte ich nun zu Fuß den „Hügel" stürmen. Wie ein leeres Gefäß ging ich den wunderschönen Weg zwischen Gärten, auf kleinen Fußwegen, nur die letzten Meter auf einer Autostraße. Schönes Wetter, Friede in mir, ich war froh. Ja, da sah ich nun das Dach des Goetheanums. Aha! Das Gebäude kam zum Vorschein, mein Begleiter erzählte irgendetwas von den umliegenden Gebäuden. Ich war angesichts des Betonbaues weder geschockt oder erstarrt, noch fühlte ich mich erdrückt: So kann man – könnte man heute! –, wenn man nur wollte, bauen. Die kleinen Fenster? Das hat wohl mit den Innereien des Baues zu tun – was soll's! Ist so ein Gebäude nicht gerade richtig für Menschen, die durch die Beschäftigung mit geistigen Dingen vielleicht „abzuheben" drohen? Fest auf dem Boden, gut geerdet, Schutz bietend vor Lärm, Menschen und allem Störenden steht der gewaltige Bau da – auf Postkarten sieht man ihn auch aus der Vogelperspektive. Mein Mann sagte spontan: „Wie ein Skarabäus!!!" War Steiner in einem früheren Leben ein ägyptischer Eingeweihter? Ich kann mir vorstellen, wie er vor einem Lehmbrocken saß, nachdem das erste Goetheanum abgebrannt war, und wie er die äußere Gestalt des zweiten Baues modellierte, innerlich versunken in das zukünftige Baumaterial und die Formgebung – das Umgehen mit Beton begann ja in der Luft zu liegen, man musste nur den Mut haben, zuzugreifen. Er tat es.

Nun, das Innere überrascht nicht, die Außendimension lässt erahnen, dass da nicht nur ein Saal und ein kleiner Garderobenständer Platz finden.

Die Tagungsteilnehmer belebten sehr rasch die weitläufigen Hallen. Ich nahm dann am Nachmittag an einer Führung teil. Dass dann oben ein so riesiger Saal (1 100 Plätze!) ein Theater ist, verwundert schon nicht mehr. Die Treppenhäuser – das nördliche vor zwei Jahren innen in Farben gestaltet, die im Aufwärts ineinander übergehen – faszinierten mich.

Eindrucksvoll die große Holzskulptur, die von Steiner nicht fertig gearbeitet werden konnte.

Der große Theatersaal soll umgeändert werden, andere Bestuhlung, bessere Akustik und, und, und – für den geschätzten Betrag von 20 000 000 Schweizer Franken. Huh! Was würde der Meister wohl dazu sagen???

Die Krebstagung für Ärzte, Therapeuten, Pflegende und Pharmazeuten begann nun. Im so genannten Grundsteinsaal (unter der dritten Reihe in der Mitte befände sich in der Tiefe der Grundstein des ersten und zweiten Goetheanums) waren wir versammelt, 350, 400 oder 450 Personen. Alle nur mit einem Namensschild, ohne Titel, als Teilnehmer gekennzeichnet. So konnte man ins Gespräch kommen, denn die Frage: „Wo arbeiten Sie?" brachte die erste Verbindung zustande, und es war nicht von vornherein eine Berufsgrüppchenbildung zu erwarten. Die wenigsten Männer waren in korrektem Anzug, man gab sich leger, normal, die Frauen sowieso. Es war deutlich zu spüren, dass die da versammelten Menschen etwas vom Leben und Sterben hier auf diesem Globus wussten. Und doch war es eine ganz, ganz andere Atmosphäre als bei einem sonstigen Medizinerkongress. Oder vielleicht eben deshalb. Das „Machbare" war nicht der Sinn des Zusammenkommens, sondern der Mensch. Der kranke Mensch. Die Krankheit, die geistigen Hintergründe der Krankheit, das beschäftigte uns drei Tage lang ebenso wie rein praktische Gesichtspunkte der Krankenpflege sowie Probleme der Pharmazeuten und Ärzte.

Die Begrüßung der Teilnehmer erfolgte durch die Leiterin der medizinischen Sektion des Goetheanums. Dann kam der Vortrag „Tumor und Geschwulst – eine menschenkundliche Studie zur Krebskrankheit".

Tja, und da muss ich gestehen, dass ich von dem Vortrag nichts berichten kann. Er ist aus meinem Gedächtnis wie weggeblasen. Ich kenne das von mir schon, seit ich denken kann. Ich habe immer das Gefühl, wenn ich einen Vortrag höre, dass es ist, als ob ich durch ein Gewässer schwimme. Wenn ich am anderen Ufer ankomme, kann man nicht mehr erkennen, welchen Weg bzw. welche Strecke ich genau genommen habe. Würde man die Wirbel, die wohl noch eine ganze Weile unter Wasser sind, darstellen können, da wäre man wohl überrascht, wie lange sie sich halten. Und wenn etwas nach einem Vortrag irgendwann in einem anderen Zusammenhang wieder zu lesen oder zu hören ist, dann kommt mir das völlig vertraut vor – dann spüre ich, es ist integriert in mir; oder ich glaube, dass ich das noch nie gehört habe – dann war es in mir noch nicht dran. Und inzwischen kann ich diese meine Eigenart voll akzeptieren, ich beginne sie ab und zu auch schon zu bejahen. Nur kann ich eben niemanden an dem teilhaben lassen, was ich da gehört habe. Jedoch: Ich war begeistert, und ich habe alles verstanden! Das überraschte mich am meisten. Es kam mir nichts kompliziert vor. Der Vortragende hat auch laut genug gesprochen, klar im Aufbau, umfassend, ich fand es sehr gut, die anderen Zuhörer – aus dem Applaus zu schließen – offensichtlich auch. Sch. kam zu mir her – er hatte mich vor Beginn schon herzlich begrüßt – und meinte, dass wir da mit unserem Vorhaben genau richtig seien, fast wie mit dem Redner abgesprochen. Das klang gut.

Der Abendvortrag war gut, und am nächsten Tag ging es dann um meinen Auftritt.

Es war wieder schönes Wetter, als ich an dem Montagmorgen zum Goetheanum lustwandelte – ja, es war ein Lustwandeln. Zwischen den Gärten zu gehen brachte herbstliche Düfte, die ersten fallenden bunten Blätter, fallende Haselnüsse, Vogelgezwitscher, Katzen, die die noch warmen Sonnenstrahlen genossen. Im einen oder anderen Garten rote Äpfel an den Bäumen und sogar ein Grundstück mit wolligen Schafen machten mir täglich Freude.

Ich kam also in bester Verfassung an den Ort des Handelns. Sch. meinte, wir würden den gemeinsamen Teil erst in der so genannten Aussprache zelebrieren. So kam zwischen seinem Vortrag und der Aussprache noch die Krankenschwester mit ihrem Beitrag „Was bedeutet eine durch Anthroposophie erweiterte Krankenpflege für die Therapie?". Eine sehr sympathische junge Frau, klar in Sprache und Aussage. An einem Fall brachte sie die pflegerische Problematik auf den Punkt. Die Problematik kann nämlich dadurch entstehen, dass die Ärzte etwas verordnen, sie, die die Patienten nur minutenweise sehen. Und die Schwestern, die eine Not des kranken Menschen sofort im Moment erkennen und wissen, sie müssten nun üblicherweise dann den weiten Weg der Hierarchie gehen, wenn sie meinen, da wäre nun die eine oder andere pflegerische Maßnahme – z. B. ein noch nicht verordneter Wickel – angebracht. Und sie zeigte sehr schön, wie das unproblematisch zu lösen ist. Eine in ihrem Fach völlig kompetente Frau. Schlank, drahtig, offen. Gut.

In der Pause einigte ich mich mit Sch., wie wir den Anfang machen wollen. Er meinte: „Und dann wird es schon laufen." Wir setzten uns am Ende der Pause auf zwei Stühle nebeneinander mitten auf das Podium. So, da saß ich nun exponiert im Goetheanum „auf heiligem Boden". Komisches Gefühl? Überhaupt nicht. Ich hatte nicht einen Funken von Lampenfieber – darauf war ich am meisten gespannt gewesen, denn ich fühlte mich meiner Sache absolut sicher. Und dann füllte sich das Auditorium – ich sah die hellen scheibenartigen Flecken der Gesichter, sie verschmolzen für mich quasi zu einer Fläche, die Menschen wurden für mich zu einem Körper, mein Gegenüber. Die Frage an mich kam von Dr. Sch.:

„Was haben Sie empfunden, als wir damals, solange die Metastasen noch wuchsen, zu dritt – Sie, Ihr Mann und ich – vor dem Röntgenschaukasten standen und feststellen mussten, wieder etwas gewachsen?"

Ich sprach von den drei tragenden Säulen der Anfangszeit:

Der Satz: „Ich gebe nicht auf", der mir auf dem Untersuchungstisch in einem Röntgenraum kam.

Den Regenbogen, den mir eine Krankenschwester zeigte und der mir sagte: Das alles gibt es noch und geht mich auch noch etwas an. Die Glasglocke verschwand, die mich von allem getrennt hatte, was mich nicht krankheitsmäßig etwas anging.

Die Frage des Chirurgen ca. 14 Tage nach der Nierenoperation: „Wie geht es eigentlich Ihrem Mann?", die mich auch in die Umwelt zurückholte.

Ich weiß nun die Reihenfolge nicht mehr, in der die Stunde ablief. Ich sprach von meinen Ängsten schlimmster Art, die es in dieser Form inzwischen nicht mehr gäbe. Dass ich froh war, krank geworden zu sein, da ich meinte, nicht selbst aus dem Alltag aussteigen zu können. Dass ich begriffen habe, was Reinkarnation und Karma sind. Dass es Probleme meines Lebens zu lösen galt, die mir ein anderer auch psychologisch geschulter Arzt bewusst gemacht hatte. Ich sagte:

„Er hat mir quasi die Würmer aus der Nase gezogen."

Aus dem Zuhörerkörper kam die Frage:

„Wie erlebten Sie die Tatsache, dass Sie Arzt sind und dann Patient?"

„Ich hatte da keine Probleme und werde zu Recht von allen Leuten beneidet, dass ich verstehe, was da so mit mir geschieht."

Und dann ritt mich ein wenig der Teufel: Ich sagte, dass ich übrigens sehr oft von Menschen gebeten werde, ihnen ihre Befunde zu erklären, da es der Arzt nicht getan habe. Und da sagte ich eben, wie ich das mache: Ich erkläre die Sache. Und dann sage ich dem Fragenden: Nun kommt die Erklärung von vorne. Und das in dieser Art drei- oder viermal. Denn die wenigsten Menschen verstehen ein unbekanntes Gebiet wie medizinische Befunde bei einer einzigen Erklärungsphase. Und sie merken von sich aus auch nicht, wenn der Erklärende wieder von vorne beginnt. So, dachte ich, dass das auch für Mediziner der Anthroposophie eine zu beherzigende Sache ist. Es kam dann die Frage, wie ich denn die Dinge so gespürt hätte, dass ich Sch. wegen der Behandlung Hinweise geben konnte. Das wollte ich wohl auf den ersten Anhieb nicht richtig verstehen, denn ich erzählte nun einen Teil meiner außersinnlichen Erlebnisse. Das mit dem Schweben, das mit der Leber und die leuchtend blaue Blase der Lunge. Es wurde dann nachgehakt, ich lieferte nach.

Zwischendurch erweiterte Sch. meine Rede noch mit geisteswissenschaftlichen Therapiehinweisen, die ich nicht mitbekam, da ich überlegte, was ich sicher noch anbringen will, z. B., dass ich meinem Körper nie böse war bei dem, „was er mir antut", dass ich mich nackt vor den Spiegel stellte und nur Bewunderung für dieses komplizierte Körpergebilde hatte.

Sch. hatte in seinem Vortrag meine Behandlung und die eines anderen Patienten vorgestellt. Es ging dabei um die Extreme von uns beiden Patienten in jeder Beziehung: Mann – Frau. Er: trotz 72 Jahren und aktiven Metastasen im Bauchraum noch täglich 8 Stunden im Betrieb tätig – ich froh, dass der Beruf weg ist. Er: seit dem ersten Tag die gleiche Medikation – ich wechselnde Medikation, von der Befindlichkeit ausgehend. Ich sagte auch: Sch. hat mir jedes Mal bei den Kontrolluntersuchungen mindestens dreimal gesagt: „Es geht nicht um den Befund, sondern um die Befindlichkeit."

Von der katastrophalen Situation in der ersten Lungenklinik berichtete ich und von der anderen Situation in „meiner" Lungenklinik, wo der Chef sagte, „was wollte ich, dass man mit mir in dieser Situation tue". Ja, und von meiner großen Freiheit im Niemandsland zwischen der verschobenen Operation und der dadurch vakant gewordenen Zeit, in der ich zwischen den Welten war. Und ich sprach davon, dass ich mich nicht mehr auf diesem Globus abgesetzt fühle, sondern mich in einem großen kosmischen Geschehen weiß.

Wir bekamen sehr starken, nicht enden wollenden Applaus. Und dann, als ich wieder unten war, stürzten eine Menge Leute auf mich zu und drückten mir die Hand und bedankten sich. Und das ging den ganzen Tag immer so weiter, dass wieder jemand sich bedankte; noch am nächsten Tag der Abfahrt in der Straßenbahn. Ich ging sehr erfüllt meinen schönen Weg nach der Veranstaltung „heim".

Vor der letzten Abendveranstaltung „Totengedenken, Rückblick und Ausblick" war mir etwas bang.

Wird das sentimental? Geschwollen? Romantisch? Viele Tagungsteilnehmer waren schon abgereist und die Reihen abends waren sehr gelichtet. Ich war gespannt, und es war gut, dabei gewesen zu sein. Die Verstorbenen wurden namentlich genannt, und wer etwas zur Person sagen konnte, etwas mit ihnen erlebt hatte, wurde gebeten, es jetzt öffentlich zu berichten. So sagte zum Beispiel P. eine ganze Menge über den Begründer des Sanatoriums, in dem er arbeitet. Die gesamte Gedenkzeit war äußerst interessant und schön, und es war für mich kein Problem, danach zu Ehren der Verstorbenen eine Weile schweigend zu stehen.

Ich muss gestehen, dass ich sehr froh war, dass mein/unser Auftritt so gut geklappt hatte und so gut angekommen war. Es wurde sogar der Wunsch für die nächste Tagung geäußert, dass man wieder in den Mittelpunkt der Tagung eine Patientenvorstellung stelle, denn das sei doch sehr eindrucksvoll gewesen. Tat schon gut. Zu Sch. hatte ich auch mal gesagt: „Ich finde es toll, dass ich hier sein kann und darf." Er meinte: „Das haben Sie sich auch hart erarbeitet." Ich konnte nur erwidern: „Stimmt."

Und was habe ich an den Nachmittagen getan, an denen die anderen in Arbeitsgruppen beschäftigt waren?

Ich besichtigte z. B. den Dom von Arlesheim. Schön, reich geschmückt, wahrscheinlich auch stilecht, aber mich nicht zutiefst beeindruckend. Ich spürte immer dahinter oder dabei eine Leere, die aus den ausgelegten Schriften dröhnt. Auch die Erstarrung der Institution. Kalte Pracht. Gewollt schön alles.

Einmal setzte ich mich in ein nach vorne offenes Café in Arlesheim und genoss neben einer Tasse koffeinfreien Kaffees das Grinsen der Leute und süße kleine Kinder. In einem vollgestopften Laden, so dass man eigentlich nicht erkennen konnte, ob man da Kleider, Stoffe, Taschen oder sonst was verkauft, erstand ich eine in Indien gefertigte Tasche als Ersatz für eine von meiner

Mutter übernommene, die aus dem Leim geht. Ganz schön verrückt. Aber eben ein Andenken auf diese Art.

Dann suchte ich einen Mann auf, der in einem einzimmrigen kleinen Häuschen seine Kupferwaren verkauft. Äußerlich ein „Gartenzwerg" wie aus dem Bilderbuch, ist er Hersteller der Eurythmiestäbe, Kugeln, Armreifen etc. Für G. erstand ich einen wunderschönen „Raumknoten", der anderswo unter dem Stichwort „Gordischer Knoten" firmiert. Wir kamen sofort in ein ausführliches Gespräch. Ich erfuhr die Krankengeschichte dieses Kunsthandwerkers und seinen Werdegang. Technischer Beruf, beim Vater Schmied gelernt, Ausbildung zum Waldorflehrer, und nun die Arbeit des Vaters fortführend: Kupferarbeiten. Und er erzählte mir, dass er eben noch in Beziehung zum Geist der Metalle aufgewachsen sei. Heute wisse niemand mehr, wie die Metalle geschmolzen seien, denn nur in der Erfahrung des flüssigen Metalls könne man seinen Geist erfahren, begreifen und verstehen, wie die Dinge zusammenhingen. Hochinteressant, und das Gespräch gab Einblick in die Verarmung unseres Wissens, in materieller und vor allem in geistiger Hinsicht.

Und dann kam der letzte Morgen. Ich hatte mir vorgenommen, dass ich die Abreise ganz gemütlich mache und genau darauf achte, was mit mir dabei geschieht. Ist nun sozusagen die Luft raus, wo die Tagung zu Ende ist? Kehre ich in die „normale Welt" zurück? Bin ich traurig? Froh? Will ich in Basel noch einmal Station machen?

Zuerst frühstückte ich nach einer sehr guten Nacht völlig allein in dem wunderschönen Saal mit Blick auf den sonnendurchfluteten Garten, und da muss ich doch noch ein Erlebnis vom Vortag einflechten. Ich war durch den parkartigen Garten geschlendert und kam an einen Brunnen. Ein künstlerisch gestalteter Brunnen. Gestiftet von Heinrich Böll, hergestellt von seinem inzwischen mit 36 Jahren verstorbenen Sohn, der Bildhauer war. Ein Traum von einem Brunnen! Material: Stein. Ich weiß nicht, was für eine Sorte. Größe: Ungefähr wie eine überdimensionale

Pauke. Im unteren Bereich siebeneckig, nach oben zunehmend rund, oben eine breite Wasserrinne, dreimal unterbrochen durch runde Löcher, aus denen ein starker Wasserstrahl einfließt. Der Strahl – also jeder Strahl – fließt dann über eine Vertiefung der Wasserrinnenbegrenzung in das eigentliche Becken. Offensichtlich wird das Wasser dann mit einer starken Pumpe unten abgesaugt, denn es gerät nach Verlassen der Rinne in einen Strudel in der Mitte des Beckens. In einem phantastischen Strudeltrichter wird es nach unten gesogen, fasziniert möchte man, möchte ich mich, in den Sog und Strudel stürzen. Überzeugend schön.

Ja, nach dem Frühstück packte ich in aller Ruhe, ging zur Haltestelle und nahm die erste mögliche Tram in Richtung Bahnhof – ich hatte keinen Hang, noch etwas in der Stadt zu erleben. Ich war so erfüllt von den Eindrücken der letzten Tage, dass ich satt war.

Ich hatte nicht den Eindruck, dass ich nun aufzutauchen hätte. Nein, es war anders. Ich hatte das Gefühl, aufgetankt zu haben. Ich fand mich in meinen Erlebnissen während der Krankheit wirklich gewachsen. Ich hatte es nun an Menschen ein wenig „testen" können, es wirkte auch im Betrieb nach außen. Bisher hatte ich mich ja nur in gewohnten Situationen zu bewegen gehabt.

Im Zug gab es dann noch ein spannendes Erleben. Mir gegenüber saß eine „gepflegte Dame", die zu Besuch ins Rheinland fuhr. Und in F. stieg eine Frau ein, die extrem schmutzig war. Ungewaschene strähnige Haare, gammelige Kleidung und nach Urin und Ungewaschensein stinkend, wie die Pest. Die Dame rümpfte ostentativ zu mir mehrmals die Nase. Ich sagte: „Ja, wir sind schon verwöhnt. Nach dem Krieg war so etwas eher an der Tagesordnung." Sie meinte, ob man ihr wohl einen Kaffee spendieren sollte (Alibifunktion?!), und sie fragte die Frau, bekam aber keine Antwort. Aha, sie „wollte wohl kein Mitleid". Ich sagte: „Mitleid bestimmt nicht, höchstens ‚Mitgefühl', denn Mitleid ist unangenehm, das weiß ich aus Erfahrung." Nun, wir lebten weiter, wir bemerkten bald den Geruch nicht mehr. Und der Schaffner fand die Frau mit ordnungsgemäßen Fahrausweisen. Nach einiger Zeit zog sie ein Buch aus der Tasche und begann zu lesen. Was mag das wohl für eine Biographie sein, die es da zu schreiben gäbe, wenn die Frau erzählen würde?

Wir fuhren aus dem sonnigen Basel zunehmend in Regenwetter, und ich begann mich auf mein gemütliches Daheim zu freuen.

Dornach ist eine Reise wert!